豐子愷家塾課

外公教我學詩詞 ②

豐子愷◎繪

宋菲君◎著

李遠達
高樹偉 ◎評註

林　嵩◎審校

中華教育

目錄

二　西子湖畔舊事

三　日月樓中日月長

序

「橄欖味」

——《豐子愷家塾課——外公教我學詩詞》序

　　豐子愷的繪畫創作，從一開始就與詩詞有着密切的關係。其成名作，即發表在朱自清與俞平伯合辦的《我們的七月》（1924 年）上的《人散後，一鈎新月天如水》，畫面上只是一張桌子、一把茶壺、幾隻茶杯、一道蘆簾和一鈎新月，但畫的意境多半就從「人散後，一鈎新月天如水」中得以傳達。豐子愷漫畫創作的第一個時期，其實就是「古詩新畫」時期。豐子愷愛古詩詞，他在《藝術的學習法》中認為「文學之中，詩是最精彩的」。他又在《漫畫藝術的欣賞》中說：「古人云：『詩人言簡而意繁』。我覺得這句話可以拿來準繩我所歡喜的漫畫。我以為漫畫好比文學中的絕句，字數少而精，含意深而長。」

　　然而，正如豐子愷自己在《漫畫創作二十年》中所說：「我覺得古人的詩詞，全篇都可愛的極少。我所愛的，往往只是一篇中的一段，甚至一句。」他在《畫中有詩》中又言：「余每遇不朽之句，諷詠之不足，輒譯之為畫。」他的老師夏丏尊把豐子愷的這些描寫古詩詞句的小畫稱作「翻譯」，因為這些「古詩詞名句，原是古人觀照的結果，子愷不過再來用畫表現一次」。豐子愷作這類畫，用簡潔的幾筆，便能將詩詞句的主旨表現得別有韻味。李清照《醉花

陰》內容豐富，但豐子愷只選「簾捲西風，人比黃花瘦」一句，算是吃透了李清照的詞意；李後主有詞《相見歡》，豐子愷也只選「無言獨上西樓，月如鈎」一句，直接捉住了李後主寫作時的心態。「古詩新畫」並非只是豐子愷早期漫畫中才有，此後他在各個歷史時期中都有眾多這類畫出現。比如最具有代表性的是他在 1943 年 4 月由重慶萬光書店出版的畫集《畫中有詩》。該畫集中所收集的，是豐子愷選取古詩句，以現代人的觀照而創作的畫。豐子愷在自序中明確地說：「近來積累漸多，乃選六十幅付木刻，以示海內諸友。名之曰《畫中有詩》。」朱自清在豐子愷的第一本漫畫集《子愷漫畫》的代序中寫道：「……我們都愛你的漫畫有詩意，一幅幅的漫畫，就如一首首的小詩 —— 帶核兒的小詩。你將詩的世界東一鱗西一爪地揭露出來，我們這就像吃橄欖似的，老覺着那味兒。」豐子愷的畫中有「橄欖味」，是因為這是他從詩的世界中「東一鱗西一爪」揭露出來的。這種「橄欖味」，不僅作者自己受用，也讓讀者受用，他還希望自己的孩子們受用。

　　有感於豐子愷漫畫與詩詞的關係，這便聯想到了本書。我知道，1986 年 7 月，香港山邊社出版了豐子愷兒童故事的單行本《豐子愷兒童故事集》，收兒童故事 18 篇，豐子愷的女兒豐宛音（即本書作者宋菲君之母）為此書作序言，序言中寫道：「這本書裏的故事，極大部分是我父親在抗戰時期講給我們聽的。那時我們才十多歲。侵略者的炮火逼使我們背井離鄉，到處流浪，受盡了苦難。但父親始終堅信最後的勝利一定屬於我們。他素性樂觀開朗，一路上仍然和戰前家居時那樣，經常給我們講故事。很多故事是逃難途中在舟車旅舍間講的。到內地後，暫得定居，父

親雖然整天忙於文藝抗宣工作，但有空仍然經常給我們講故事，還要我們聽過後記下來，作為寫作練習。」豐子愷的幼女豐一吟對此有細節上的補充，她也在《豐子愷兒童故事集》一書中有一篇文章，曰《父親和我們同在》，文中寫道：「我依稀記得，其中一部分故事，正是父親在我家的週末晚上講給我們聽的。抗戰時期我家逃難到大後方，由於一路不斷遷徙，我們兄弟姐妹的求學發生困難，父親便用種種方法給我們補充教育。其中之一便是在週末為我們舉行茶話會。從城裏買五元錢的零食，我們團團地圍坐在父親身旁，邊吃邊聽他講話。過後我們必須把這些講話按他要求用作文的形式記述下來交他修改。他稱這些晚會為『和聞會』。按我們家鄉話，『和聞』與『五元』的音近似。由於物價飛漲，不久，『和聞會』改名為『慈賢會』（『慈賢』與『十元』的音近似）。部分兒童故事，我們正是在這些會上聽到的。」豐子愷之所以在抗戰勝利後把這些故事寫下來發表，應該是為了讓更多的孩子「聽」到他所講的故事。因為豐子愷本人對寫兒童故事有自己的說明。1948 年 2 月，兒童書局出版豐子愷的兒童故事集《博士見鬼》。豐子愷在代序中談了自己的觀點：

> 我小時候要吃糕，母親不買別的糕，專買茯苓糕給我吃。很甜、很香，很好吃。後來我年稍長，方才知道母親專買茯苓糕給我吃的用意：原來這種糕裏放着茯苓。茯苓是一種藥，吃了可以使人身體健康而長壽的。
>
> 後來我年紀大了，口不饞了，茯苓糕不吃了；但我作畫作文，常拿茯苓糕做榜樣。茯苓糕不但甜

美，又有滋補作用，能使身體健康。畫與文，最好也不但形式美麗，又有教育作用，能使精神健康。數十年來，我的作畫作文，常以茯苓糕為標準。

這冊子裏的十二篇故事，原是對小朋友們的笑話閒談。但笑話閒談，我也不喜歡光是笑笑而沒有意義。所以其中有幾篇，仍是茯苓糕式的：一隻故事，背後藏着一個教訓。這點，希望讀者都樂於接受，如同我小時愛吃茯苓糕一樣。

豐子愷的家庭故事會，其實也正是本書作者所說的「課兒」的較早形式，是豐子愷為了教育兒童，對故事內容進行特別的選擇，用十分親和的方式寓教於樂。基於對古詩詞的熱愛，和對古詩詞句中特殊教育功用的理解，「課兒」的對象又逐步擴大到他的孫輩，「課兒」也從講故事，發展到教授古詩詞。據本書作者言，豐子愷的教學方式很特別，他善於利用畫家的方便，一面講，一面繪示意圖。其實這也是豐子愷經常使用的方式。有時豐子愷還會倒過來做，比如他為家中孫輩講日本漫畫家北澤樂天的漫畫，他也會在解釋畫冊上的畫作時，在頁面上同時作文字「翻譯」，以便孩子們在「下課」後溫習時進行文畫互讀。

豐子愷「課兒」的具體內容和方式，本書第一部分「外公的『課兒』傳統」已有十分詳細而生動的介紹。給人的感覺此與豐子愷的詩詞觀十分相契 —— 當年他作畫，對於精彩的詩詞句，「諷詠之不足，輒譯之為畫」，如今復將這些古詩詞名句，再用現代人的生活作一次全新的觀照，幫助孩子們建立起對生活的一種態度 —— 而就在此同時，其「橄欖味」也就咀嚼出來了。

　　由此，我又想起豐子愷的一幅畫，叫作《世上如儂有幾人》。畫題出自五代南唐李煜《漁父》詞。理解此畫，可以有不同的角度，其中，挪威漢學家克里斯托夫·哈布斯邁爾在他的著作《漫畫家豐子愷——具有佛教色彩的社會現實主義》中評說：「漁夫念念不忘的是魚，他一直是在留心注意。他的全神貫注不會因其周圍世界的瑣碎事物而受干擾。這是一幅有關如何集中注意力的漫畫。當然，豐子愷並不是想說釣魚活動是一項不錯的業餘愛好，而是想藉此表明處事要目標專一的人生態度。就其簡樸的繪畫風格而言，這是豐子愷最好的漫畫之一。畫中的釣魚竿紋絲不動地垂入水面，正是這種風格特徵的完美體現。」就豐子愷漫畫的形式風格而論，「這是豐子愷最好的漫畫之一」的評價實不為過，但就此畫所體現的內容而言，我認為還應該在以上評論的基礎上再補充一句：畫中還表現了一種恬淡超脫的生活態度，此亦柳宗元所謂的「孤舟蓑笠翁，獨釣寒江雪」。你有你的生活方式，我有我的處事態度……豐子愷十分期待自己的孫輩們也能建立起一種生活的態度。令人驚喜的是，本書居然特別安排了大量的篇幅來延伸「課兒」，如「外公的師友」「藝術的逃難」「西子湖畔舊事」「畫中有詩」和「日月樓中日月長」，這些看似雜談式的或記述式的文章終究還是緊緊圍繞豐子愷詩詞教育，可謂廣義的「課兒」。這就又讓我想到豐子愷的一貫主張，即「讀萬卷書，行萬里路」。這原本是豐子愷自己找求創作源泉的一種態度，但卻可以挪用於豐子愷詩詞教育的方式方法。這不僅極大豐富了本書內容，更重要的是傳達出了本書作者對待詩詞的學習態度，尤其是對豐子愷詩詞教育的理解。

　　我知道宋菲君老師是一位科學家，但由於在多方面接受過豐子愷的影響，不僅是能作文，也能作畫，更對豐子愷的藝術觀和教育觀有深入領悟。此乃一般人難以做到的。承蒙不棄，敦促為序。寫上如上感想，僅供讀者參考。

陳　星

2021 年 2 月 13 日　於杭州

前言

　　外公豐子愷特別重視子女的教育，親自給孩子們上課，這個課程稱「課兒」（teaching the kids），是豐家的「家塾」。在桐鄉緣緣堂，在嘉興金明寺弄，在抗戰逃難路上，在富春江的船上，在桐廬、萍鄉、長沙，在桂林泮塘嶺，在貴州遵義浙大宿舍「星漢樓」，在重慶沙坪小屋，在杭州裏西湖靜江路 85 號，在上海陝西南路「日月樓」……「課兒」始終在進行。我是豐家的長外孫，曾長期生活在外公豐子愷身邊，直到十八歲考上北京大學物理系到北京讀書。我有幸親歷了外公家的「課兒」。

　　詩詞是「課兒」的第一必修課。上中學時我每週去外婆家，外公先讓我背上週學的古文詩詞，再教新課。詩詞一般每週教二十首左右，古文一篇，由外公親授，取材很廣，包括《詩經》《蘇批孟子》《古文觀止》《古詩十九首》《古唐詩合解》《白香詞譜箋》等。從《古詩十九首》的「行行重行行」學到王勃《滕王閣序》的「落霞與孤鶩齊飛，秋水共長天一色」。

　　外公的教學非常有特色，常常是一面講解，一面畫示意圖。講到「六軍不發無奈何，宛轉蛾眉馬前死」就畫一位女子跪地，周圍是持戟的武士；講到「畫圖省識春風面，環佩空歸夜月魂」，外公隨手畫了一位佩飾叮咚、飄然而至的女子。

　　外公又常常給我們講詩人詞客的逸聞軼事。例如講到辛棄疾的《賀新郎》「易水蕭蕭西風冷，滿座衣冠似雪」，就和我們議論荊軻刺秦王、燕太子丹和高漸離易水送別壯

士；講到「夜深滿載月明歸，劃破琉璃千萬丈」，就講吳城小龍女的故事。

外公喜歡旅遊，講到蘇曼殊的「春雨樓頭尺八簫，何時歸看浙江潮」，立刻決定全家去看錢塘江大潮；讀完「二十四橋仍在，波心蕩、冷月無聲」，就去揚州尋夢。

外公家的文學氛圍特別濃厚，飯前做的遊戲是「猜詩句」（豐家的「飛花令」）「九里山前作戰場」；除夕夜的大戲則是富有文學、地理、古跡情趣的「覽勝圖」；「藍關」出自韓愈的「雲橫秦嶺家何在，雪擁藍關馬不前」；「尾生橋」的典故是李白的《長干行》「長存抱柱信，豈上望夫台」；「金谷園」則引自杜牧的七絕《金谷園》「日暮東風怨啼鳥，落花猶似墜樓人」。

還有許多我童年時期的趣事，例如抓蟋蟀、猜謎語、唱京劇、看星星等，每個故事背後都有一首或幾首詩詞。

外公的一生與詩詞結下了不解之緣，抗戰時期他在遵義為浙大師生講《藝術概論》時，將住宅命名為「星漢樓」，緣起孟昶的「起來瓊戶寂無聲，時見疏星渡河漢」；四十年代住在杭州裏西湖，「門對孤山放鶴亭」；解放後他在上海的住宅「日月樓」裏貼的對聯是杜甫的名句「香稻啄餘鸚鵡粒，碧梧棲老鳳凰枝」，還有國學大師馬一浮書寫的「星河界裏星河轉，日月樓中日月長」；當年我讀高三時文理分科拿不定主意，去問外公時，他正在日月樓中端着茶杯踱步，吟誦着溫庭筠的名句：「誰解乘舟尋范蠡，五湖煙水獨忘機。」外公曾經說過，當他離開人世之際，最捨不得放不下的就是詩詞。在「豐子愷 120 週年華誕」書畫展會上，展出了外公歷經三年寫成的 25 米長的書法長卷，收集 204 首外公喜愛的詩詞。在中國美術館舉行的開幕式

上，我的二女兒宋瑩芳組織了北京天使童聲合唱團的小天
使們，演唱了豐子愷先生的老師李叔同先生寫的歌：「故山
隱約蒼漫漫，呢喃，呢喃，不如歸去歸故山。」

這是一個典型的書香門第，我的母親、舅舅和姨媽個
個飽讀詩書，留下了許多有趣的故事。這樣的家庭，這樣
的文化傳統，在現代社會中大約永遠地消失了。

外公的漫畫、散文和譯作已經大量出版，但「課兒」背
後的故事，只在小姨和母親的書中偶有談及。豐家第二代
只有小姨還健在，但她年齡很大了。我覺得自己有義務把
「課兒」的故事回憶出來、寫下來，否則豐家和詩詞及其背
後的逸聞軼事都將永遠地被淹沒。

「人世幾回傷往事」，往事雖已過去多年，幸而我的
「長記憶」尚好。在北大中文系林嵩老師的鼓勵下，我決定
下功夫仔細回憶。就像當年高鶚、程偉元編寫《紅樓夢》後
四十回那樣，把久遠的、碎片狀的回憶「細加釐剔，截長
補短，抄成全部」。但我和他們又不一樣，高、程兩人並不
認識曹雪芹，《紅樓夢》後四十回係根據鼓擔上淘來的二十
餘卷殘稿、前八十回曹雪芹所寫的正文中的暗示以及脂硯
齋的評語編撰而成。而本書中的所有故事都是我親歷的，
或父母親告訴我的。我只是把片斷的回憶儘量串聯起來，
寫成完整的故事。

詩詞是我國古典文學的瑰寶，自古以來，詩詞的讀
本很多，例如膾炙人口的《唐詩三百首》《唐宋名家詞選》
等，近代有更多詩詞選集出版。這本書的寫作風格是林
老師建議的，每篇首都有一首詩詞，由北大中文系李遠
達博士（現任北京大學醫學人文學院講師）和高樹偉博士
（古典文獻學專業）評註，由我寫正文，也就是上面所講

的故事。「子愷漫畫」本來就有「畫中有詩、詩中有畫」的特色，本書插圖都是外公的漫畫和書法。也可以說，這是一本別具特色的詩詞讀本，由林老師取名《豐子愷家塾課 —— 外公教我學詩詞》。由於「課兒」在我出生以前就有了，為使這本書更加完備，又補寫了抗戰期間外公全家「藝術的逃難」。全書許多文字引自外公的文章，以及小姨、母親的文章。外公是本書的第一作者。

本書的緣起，是外公和我的大姨、小姨撰寫的《爸爸的畫》一書（華東師範大學出版社）榮獲了「第十一屆文津圖書獎」，2016 年，在頒獎會上我碰到了編輯許靜，應許靜之邀，我有了寫這本書的想法。李遠達和高樹偉對詩詞作者、寫作風格和文學、歷史、政治背景進行了深入淺出、別具特色的評註，林老師做了全面細緻的審查和修改，為成書做出重大貢獻。許靜、喬健二位編輯參與討論寫作風格、規範，恰當、高效地掌控了寫作、編輯、排版的協同進度。這本書體現了北大和華東師大出版社合作的緣分。

2018 年末國家天文台薛隨建副台長和他的團隊建議把發現於 1998 年的一顆小行星命名為「豐子愷星」，我也參與運作此事。2020 年 6 月 3 日，國際小行星命名協會批准了「豐子愷星」，公告指出「豐子愷（1898-1975），中國近代著名的畫家、文學家、藝術與音樂教育家，以其風格獨特的漫畫和散文廣受歡迎。」發現這顆小行星的日子恰是外公 100 週年華誕，媒體稱「百年華誕之際豐子愷天人合一」。其實，外公自己也是天文愛好者，曾為我高一時和同學製作的天文望遠鏡作畫並配詩：「自製望遠鏡，天空望火星。仔細看清楚，他年去旅行。」外公和天文自有緣分，

許多故事在本書中有所反映。去年中國製作的「天問一號」火星探測飛船發射，實現了外公多年前的夙願，國家天文台邀請我作為特殊的嘉賓，在運控大廳實時觀看了發射過程。正如《中國國家天文》雜誌所說，這是「豐子愷跨越時空的『星』緣」。

最後，我們要感謝杭州師範大學弘一大師‧豐子愷研究中心主任、資深教授陳星先生為本書作序。

宋菲君

2020 年寫於外公豐子愷逝世 44 週年

一

藝術的逃難

高陽台·淥江舟中作

〔近代〕豐子愷

千里故鄉，六年華屋，匆匆一別俱休。黃髮
垂髫^①，飄零常在中流。
淥江^②風物春來好，有垂楊時拂行舟。惹離
愁，碧水青山，錯認杭州。

而今雖報空前捷，只江南佳麗，已變荒丘。
春到西湖，應聞鬼哭啾啾。
河山自有重光^③日，奈離魂^④欲返無由^⑤。恨悠
悠，誓掃匈奴，雪此冤仇。

註釋

① 黃髮垂髫：黃髮，指年老，也代指老人。垂髫，代指
小孩。

② 淥江：江名，在湖南醴陵附近。

③ 重光：再放光明，光復。

④ 離魂：指離家在外的旅人。

⑤ 無由：沒有門徑，沒有辦法。

評述 ···

　　這首詞約作於 1938 年 3 月，日軍登陸杭州灣，開始狂轟亂炸，作者舉家逃難。途中乘舟渌江，回想往事，有恍如隔世之感。故鄉距此千里，住了六年的舊宅（指緣緣堂），在匆匆分別中都成了傷心過往。一起逃難的，有老人還有孩子。春天的渌江極其美麗，恍惚間讓人錯覺是在杭州了。雖然現在是捷報頻傳，只是這江南佳麗地，已在戰爭中變作荒丘。西湖的春天本應繁花似錦，而今大概只能聽見啾啾鬼哭之聲。山河自然會有光復的時候，回鄉卻沒有那麼容易。戰爭之殘酷，羈旅之困頓，家國之恨，作者的憂愁幽思，都從筆端款款紋出。

辭緣緣堂

「緣緣堂」是外公花了六千大洋的稿費和賣畫收入，在家鄉桐鄉石門灣建成的。高大、軒敞、明爽，具有深沉樸素之美。堂屋正中掛着國學大師馬一浮先生寫的堂額，外公的書齋裏陳書數千冊，掛着弘一法師寫的「真觀清淨觀廣大智慧觀，梵音海潮音勝彼世間音」的長聯。「緣緣堂」也是外公的老師弘一法師賜名。

1927 年外公虛齡三十歲生日那天，弘一大師正在豐家做客。外公決定拜弘一大師為師，皈依三寶，做一名居士。外公請求弘一大師為他在上海永義里的校舍取個宅名。弘一大師叫外公在好幾張小方紙上寫上自己喜愛而又可以互相搭配的字，把小方紙團成小紙球，撒在釋迦牟尼畫像前的供桌上。先後拿兩次鬮，拆開來都是「緣」字，於是就將永義里的寓所命名為「緣緣堂」。後來家鄉的房子也稱「緣緣堂」，外公的散文集也稱為《緣緣堂隨筆》。

春天，家鄉小院裏兩株重瓣桃戴了滿頭的花，院內朱樓映粉牆，薔薇襯着綠葉；夏天紅了櫻桃，綠了芭蕉。垂簾外時見參差人影，鞦韆架時聞笑語；秋天葡萄架果實纍纍，夜來明月照高樓，房櫳裏有人挑燈夜讀，伴隨着秋蟲的合奏；冬天滿屋太陽，炭爐上時聞普洱茶香。外公就在緣緣堂住了六年，其間創作了許多散文和漫畫。外公還說過：「就算是秦始皇要拿阿房宮同我換，石季倫願把金谷園和我對調，我絕不同意。」當年外公春秋常住在杭州的「行宮」，冬夏回到緣緣堂。可惜這世外桃源般的日子被日軍的侵略打破了。

1937 年「八一三」事變，四位年長的子女（我的大舅、大姨、二姨和我母親）都從杭州輟學回到家鄉避難，上海的居民也紛紛到這裏躲避戰火。善良而無知的人們覺得這裏離杭州很近，「杭州每年香火無數，西湖底裏全是香灰！這佛地是決不會遭殃的」。

1937 年 9 月 15 日是外公四十虛歲的生辰。這時松江已經失守，嘉興已經被炸得不成樣子。外公家還是做壽，糕桃壽麵，陳列了兩桌；遠近親朋，坐滿了一堂。堂上高燒紅燭，室內開設素筵，本來屋裏應當充滿了祥瑞之色和祝賀之意，但朋友的談話卻都是殘酷的戰爭，當時上海南市已是一片火海，無數難民無家可歸，聚立在民國路法租界緊閉的鐵柵門邊；在東門的鐵路橋下，一個婦人抱着一個嬰孩，躲在牆腳邊餵奶，忽然車站附近落下一個炸彈。彈片飛來，恰好把那婦人的頭削去。在削去後的一瞬間，這無頭的婦人依舊抱着嬰孩危坐着，並不倒下。這便是緣緣堂最後一次聚會。祝壽後不久，那些炸彈就猖獗投到石門灣。

11 月 5 日，日本侵略軍在杭州灣金山衛登陸，偷襲淞滬中國守軍的側翼，金山衛距離老家石門灣已經非常近。次日上午，外公正在根據蔣堅忍著的《日本帝國主義侵略中國史》繪製《漫畫日本侵華史》，突然兩架日軍飛機飛來石門灣轟炸掃射，兩顆炸彈落到這座不設防的小鎮，百姓死傷無數。彈着點離緣緣堂很近，因為這是小鎮上最高大的建築。11 月 6 日這天便是無辜的石門灣被宣告死刑的日子。古人歎人生之無常，誇張地說：「朝為媚少年，夕暮成醜老。」石門灣在那一天，朝晨依舊是喧闐擾攘，安居樂業，晚快邊忽然水流雲散，闃寂無人。外公全家幸免於難。在《辭緣緣堂》一文中，外公表達了自己的決心：「寧

做流浪者，不當亡國奴。」「身外之物又何足惜，我雖老弱，但只要不轉乎溝壑，還可憑五寸不爛之筆來對抗暴敵……」

當天晚上全家匆匆收拾，於傍晚的細雨中匆匆辭別緣緣堂，登舟逃難。沿河但見家家閉戶，處處鎖門，可謂「朝為繁華街，夕暮成死市」。中船行如織，都是遷鄉去的。此行大家以為是暫避，將來總有一日會回緣緣堂的。誰知其中只有四人再來取物一二次，其餘的人都在這瀟瀟暮雨之中與緣緣堂永訣，開始流離的生活了。

作為藝術大師，外公平生不守錢。這晚上檢點行物，發現走路最重要的東西都沒有準備：除了幾張用不得的公司銀行存票外，家裏所餘的居然只有數十元現款，奈何奈何！六個孩子說：「我們有。」他們把每年生日外公送的紅紙包統統打開，湊得四百餘元。不知從哪一年開始，外公每逢孩子生日，就送一個紅紙包，上寫「長命康樂」四個字，內封銀數如其歲數。他們得了，照例不拆。不料今日一齊拆開，充作逃難之費！

臨行前隔壁的郵局送來最後的一封信，是馬一浮先生寄來的，他已由杭遷桐廬，勸外公到桐廬暫避戰火。外公決定投奔馬先生。外公全家十一口，僱了一隻船，經過杭州，沿富春江溯江而上。「千里故鄉，六年華屋，匆匆一別俱休，黃髮垂髫，飄零常在中流。」（豐子愷《高陽台·漾江舟中作》）此去輾轉流徙，曾歇足於桐廬、萍鄉、長沙、桂林、宜山、都勻、湄潭，最後到達重慶。

母親曾多次回憶逃難，她告訴我，四百元很快花完了。正在着急之時，坐在船邊上的三女寧馨（我的二姨）在富春江水面上撿到一個紅色的錢包，如獲至寶，這才苦苦支撐到桐廬。

桃源行①

〔唐〕王　維

漁舟逐水愛山春，兩岸桃花夾古津②。

坐看紅樹不知遠，行盡青溪不見人。
③

山口潛行始隈隩④，山開曠望旋平陸⑤。

遙看一處攢雲樹⑥，近入千家散花竹⑦。

樵客初傳漢姓名，居人未改秦衣服。

居人共住武陵源⑧，還從物外起田園。

月明松下房櫳靜⑨，日出雲中雞犬喧。

驚聞俗客爭來集⑩，競引還家問都邑⑪。

平明閭巷掃花開⑫⑬，薄暮漁樵乘水入。

初因避地去人間，及至成仙遂不還。

峽裏誰知有人事，世中遙望空雲山。

不疑靈境難聞見，塵心未盡思鄉縣。

出洞無論隔山水，辭家終擬長遊衍⑭。

自謂經過舊不迷，安知峯壑今來變。

當時只記入山深，青溪幾度到雲林。

春來遍是桃花水，不辨仙源何處尋。

註 釋 ....

① 桃源：指陶淵明《桃花源記》中所描繪的桃花源勝境。

② 古津：古渡口。

③ 坐：因為。

④ 隈隩（yù）：山、水彎曲之處。

⑤ 曠望：指視野開闊。

⑥ 攢雲樹：雲樹相連。

⑦ 散花竹：鮮花和竹林到處皆是。

⑧ 武陵源：指桃花源，在今湖南桃源縣，晉代屬武陵郡。

⑨ 房櫳：窗戶。

⑩ 俗客：指誤入的漁人。

⑪ 都邑：指桃源人原來的家鄉。

⑫ 平明：天剛亮。

⑬ 閭巷：街巷。

⑭ 遊衍：流連忘返。

評述

　　自從陶淵明寫出《桃花源記》，中國的讀書人便找到了理想境界的最佳圖景。唐宋以來的詩人，創作了大量的「桃花源詩」，王維這首《桃源行》最受推重。清朝的王士禎一語道破箇中原因：王維的《桃源行》「多少自在」。描繪理想家園的詩歌充滿了「自在」，確實是王維高明之處。寫這首詩之時，王維只是一位十九歲的少年。王維善畫，因而開篇便呈現出一番鮮妍明麗、靈動非凡的景況：春山疊翠，近水花紅，青溪紅樹，扁舟一葉悠悠前行。中間段落緊扣桃花源人對貿然闖入者漁人的關注來結構篇章，層層揭開桃花源的謎團。到了最後八句，與《桃花源記》處理有很大不同，緊扣漁人心理，描寫他離開桃源後想念，復去尋找，已迷失所在的悵然若失。全詩結束於一片浩渺淒迷的桃花春水之中，似乎也預示着士人所追尋的理想桃花源在現實世界裏永遠也不可能實現。

外公曾打算去桃花源避難

日本著名漢學家吉川幸次郎說：

> 我覺得，作者豐子愷，是現代中國最像藝術家的藝術家，這並不是因為他多才多藝，會彈鋼琴，作漫畫，寫隨筆的緣故。我所喜歡的，乃是他的像藝術家的真率，對於萬物的豐富的愛，和他的氣品、氣骨。如果在現代要想找陶淵明、王維那樣的人物，那麼，就是他了吧。他在龐雜詐偽的海派文人之中，有鶴立雞羣之感。[1]

陶淵明的《桃花源記》是外公最喜歡的文章，他也非常讚賞陶淵明晚年棄官歸隱，寄情山水，嚮往、尋求現實世間的桃花源。但外公又是一位熱愛生活、熱愛藝術、熱愛孩子，生活在現實世間的藝術大師，他在《暫時脫離人世》一文中說過：「陶淵明的《桃花源記》，大家知道是虛幻的，是烏托邦，但是大家喜歡一讀，就為了他能使人暫時脫離塵世。」

外公在 1941 年寫的《藝術的效果》一文中說[2]：

> 我們平日的生活，都受環境的拘束。所以我們的心不得自由舒展。我們對付人事，要謹慎小心，

1　豐一吟：《父親的作品含有人間情味》，見《名家翰墨》，第 134 頁，香港翰墨軒出版有限公司，2008。

2　豐子愷：《暫時脫離人世》，見《豐子愷全集》（文學卷三），第 104 頁，海豚出版社，2016。

辨別是非，打算得失。我們的心境，大部分的時間是戒嚴的。惟有學習藝術的時候，心境可以解嚴，把自己的意見、希望與理想自由地發表出來。這時候，我們享受一種快慰，可以調濟平時生活的苦悶。……於是在文學中描寫豐足之樂，使人看了共愛，共勉，共圖這幸福的實現。古來無數描寫田家樂的詩便是其例。又如我們的世間常有戰爭的苦患。我們想勸世間的人不要互相侵犯，大家安居樂業，而事實上不能做到。於是我們就在文學中描寫理想的幸福的社會生活，使人看了共愛，共勉，共圖這種幸福的實現。陶淵明的《桃花源記》，便是一例。我們讀到「豁然開朗。土地平曠，屋舍儼然。有良田美池桑竹之屬。阡陌交通，雞犬相聞。……黃髮垂髫，並怡然自樂」等文句，心中非常歡喜，彷彿自己做了漁人或者桃花源中的一個住民一樣。我們還可在這等文句外，想像出其他的自由幸福的生活來，以發揮我們的理想。

外公在抗戰初期還寫過一篇故事《赤心國》，描述抗戰時一位軍官誤入一處世外桃源，中央是一片半圓形的平原，三面是崇山峻嶺，一面是茫茫大海。世間的人永不知道有這地方。這裏很有些像桃源洞，真是所謂「峽裏誰知有人事，世中遙望空雲山」。可是這位軍官終不免「不疑靈境難聞見，塵心未盡思鄉縣」，終於又回到塵世之中。

外公不但欣賞陶淵明的《桃花源記》，還常常給我們講王維的《桃源行》，常常在日月樓一邊喝茶踱步，一邊吟誦「當時只記入山深，青溪幾度到雲林。春來遍是桃花水，不辨仙源何處尋」。

記得外公還教過我們好幾首有關桃花源的詩：

隱隱飛橋隔野煙，石磯西畔問漁船。桃花盡日隨流水，
洞在清溪何處邊。　　　　　　　（張旭《桃花溪》）
露暗煙濃草色新，一翻流水滿溪春。可憐漁父重來訪，
只見桃花不見人。　　　　　　　（李白《桃源》）

　　外公特別欣賞韓子蒼的詩句：「明日一杯愁送春，後日一杯
愁送君。君應萬里隨春去，若到桃源記歸路。」

　　但有一次外公真正動了念頭，想去「桃花源」。「淞滬會戰」
後期，日軍在杭州灣登陸，在登陸第二天，兩架日軍飛機轟炸掃
射了外公的老家石門灣，緣緣堂險些被炸。外公在匆忙之間率全
家老幼十一口告別故鄉，走上了逃難之路。逃到哪裏去？外公曾
想過豐家的老家湯溪。

　　當時外公全家有老幼十一口，又隨伴鄉親四人，一旦被迫
脫離故居，茫茫人世，不知投奔哪裏是好。曾經打主意：回老
家去。外公的老家是浙江湯溪，與金華相近，離石門灣約三四百
里。明末清初，外公家這一支從湯溪遷居石門灣（今桐鄉市崇福
鎮）。三百餘年之後，幾乎忘記了自己的源流。外公說他曾在東
京遇見湯溪豐惠恩族兄，相與考察族譜，方才確知老家是湯溪。
據說在湯溪有豐姓數百家，自成一村，皆業農。外公初聞此消
息，即想像這湯溪豐村是桃花源一樣的去處，其中定有良田美
池，桑竹之屬，以及黃髮垂髫怡然自樂的情景，但一向沒有機會
問津。到了石門灣不可復留的時候，外公心中便起了出塵之念，
想率妻子邑人投奔此絕境，不復出焉。但終於不敢遽行。後來外
公全家歷經蘭溪、萍鄉、長沙、桂林、遵義湄潭，最後到重慶。
抗戰勝利後又復員回到江浙、上海。1949 年後外公曾到金華訪
問，但未去湯溪。一直到近年，小姨豐一吟才和湯溪豐家聯繫，
在那裏建立了「豐子愷小學」，開展紀念豐子愷先生的活動。

別董大^①二首

〔唐〕高　適

千里黃雲白日曛^②，北風吹雁雪紛紛。

莫愁前路無知己，天下誰人不識君。

六翮飄颻^③私自憐，一離京洛^④十餘年。

丈夫貧賤應未足，今日相逢無酒錢。

註 釋

① 董大：唐朝開元天寶年間著名音樂家董庭蘭，在兄弟中排名第一，故稱「董大」，是高適的好友。

② 曛：昏暗。

③ 六翮飄颻：比喻四處奔波而無結果。六翮，指鳥的雙翼。翮（hé），禽鳥羽毛中間的硬管，代指鳥翼。飄颻（yáo），飄動。

④ 京洛：原指洛陽，後代稱都城。

評 述

　　高適（704-765），字達夫，是唐代著名邊塞詩人，這兩首《別董大》寫在天寶六載（741）。這一年吏部尚書房琯被貶出朝，門客董庭蘭也隨之離開長安。高適與董庭蘭相會於睢陽，寫了這兩首《別董大》以示送別。天寶年間盛

行胡樂，當時能欣賞董庭蘭七弦琴的人並不多，離開長安的董庭蘭自然是十分落寞的。高適從三十二歲應試落第之後，就一直四處遊蕩，鬱鬱不得志，兩個失意的傷心人相遇，難免惺惺相惜，生出許多自憐自歎的情緒。不過，高適心胸豁達，氣度和抱負遠非常人所能及。他勸慰友人，送別的時節雖在冬日，千里黃雲，前路黯淡，北風席捲着大雪和歸雁，一派蕭殺氣象，但是不要擔心前路沒有知己，天底下誰不知道你啊！第二首詩歌在舊友重逢之際回顧十餘年的飄零生涯，今日相逢囊中羞澀，連酒錢都成了問題，你我這樣大丈夫，雖身處「貧賤」，又怎能改變自己的雄心呢？高適這兩首贈別之作，語句爽直簡單，直抒胸臆，但其精神氣質卻是昂揚向上的，勉勵友人，也是告誡自己，不可因一時沉淪下僚而失去了鬥志，不可因淪落失意而自暴自棄。正是知音才能發出如此肺腑之言，在粗豪的詩風裏寄寓着溫情。

《桐廬負暄》與蘭溪奇遇

外公在《桐廬負暄》一文中曾描述全家逃難初期的歷程。他們從桐鄉逃到杭州，又僱了一隻船，沿風光秀麗的富春江溯江而上。只看見：

> 一折青山一扇屏，一灣碧水一條琴。無聲詩與有聲畫，須在桐廬江上尋。
>
> （劉嗣綰《自錢塘至木舟中雜詩》）
>
> 瀟灑桐廬縣，寒江繚一灣。朱樓隔綠柳，白塔映青山。　（楊萬里《舟過桐廬三首・其一》）

但外公他們無心欣賞富春江的美景，一心去投奔外公的朋友、國學大師馬一浮先生。到桐廬後全家沒有住所，偶遇一位拜訪馬先生的朋友童鑫森，以前他曾通過關係向外公要過一幅畫，聽說外公的困境，即通過他的一位當小學校長的朋友、盛梅亭的叔叔把三開間的樓房借給外公全家住下，還不肯收房租。他說：「要不是打仗，如何請到豐子愷先生來住。」

後來聽說桐廬也要淪陷，戰事吃緊。二十年代外公在上虞春暉中學的同事劉叔琴來信邀請外公全家去長沙。「悲莫悲兮生離別」，外公辭別馬一浮先生赴蘭溪時，鬢邊平添了不少白髮。

1937年冬季，外公帶着一家人沿富春江到蘭溪，而後到萍鄉。這一路上，外公都不敢用真名，而用別名「豐潤」在旅館登記，直到在蘭溪遇見了老同學曹聚仁。曹聚仁是

戰地記者，蘭溪是他的家鄉。當時他身着軍裝，握筆從戎，報道各地抗戰的消息。曹先生對外公怕暴露身份的做法不贊同，他說：「天下何人不識君。為了得到各方協助，一定要把『豐子愷』三個字打出去！」他特地加急為外公印了名片。這一改變，立刻奏效。存在中國銀行的二百元不用保人，只憑「豐子愷」三字就取出來了。

外公一見曹聚仁如獲至寶，立刻探問他前途的情況。他斷然地告訴外公：「你們要到長沙，漢口，不能！我們單身軍人，可搭軍用車的，尚且不容易去，何況你帶了老幼十餘人！你去了一定半途折回。」外公說：「天下尚未寧，健兒勝腐儒。」但最後一定是「仁者無敵」。決心流徙遠方，以長沙為目的地。外公還寫了一首打油詩：

> 蘭溪曹聚仁，渾身穿軍裝。
> 請客聚豐園，忠告兩三聲。
> 你們到長沙，想也不要想。
> 三個勿相信，偏生犟一犟。
> ……
> 人說行路難，我看也平常。

從上饒，過鄱陽湖、南昌到宜春，棄舟登車。因沒有客車，只得攀上貨車，到萍鄉已是半夜，車站人員要求從南昌開始補票，家人與之爭執。站長出來了，彼此通了姓名。看到外公的名片，站長非但不要補票，還代為訂旅館。他還通知了立達的學生蕭而化夫妻：「豐子愷來了！」蕭家是萍鄉望族，一聽喜出望外，熱情挽留外公全家在萍鄉過年。於是，外公全家度過了逃難途中的第一個春節。

當地鄉親爭相邀請畫家豐子愷去家裏「吃年茶」，這才是「天下無人不識君」。「藝術的逃難」還只是開始。

陸甫里詩①

〔唐〕陸甫里

萬峯迴繞一峯深，到此常修苦行心②。
自掃雪中歸鹿跡，天明恐有獵人尋。

竹枝

〔五代〕孫光憲③

門前春水白蘋花④，岸上無人小艇斜。
商女經過江欲暮，散拋殘食飼神鴉⑤。

註 釋 ···

① 陸甫里：唐代詩人。

② 苦行心：苦行，佛教、印度教等宗教通過清苦的生活來
減少煩惱、欲望的一種修行。

③ 孫光憲：五代北宋詞人。著有《北夢瑣言》等書。

④ 白蘋花：水中浮草，花白色。

⑤ 神鴉：在廟裏吃祭品的烏鴉。

評 述

　　陸甫里的詩歌出現在豐子愷先生《護生畫冊》中，寓意十分明顯：苦行的隱居者躲到萬峯環繞的深山之中，儘管遠離塵世，他仍然護生心切。每當雪後，天不亮他便掃除雪中野鹿留下的蹤跡，以防白天被獵人追蹤。這首詩與第二首孫光憲的《竹枝詞》表面上看毫無關聯，實際上同樣表達着隱士和商女，也就是人人皆可有所作為的「護生」主題。商女不知亡國恨，是晚唐以來傳唱的經典意象，孫光憲反用其意。從商女的小船經過，拋撒殘食餵養廟前神鴉的細節向人們表達：即使社會底層的賣唱女也懂得愛護眾生的樸素道理。

「一飯結怨」

外公與曹聚仁是當時在國內頗負盛名的浙江省立第一師範學校的同學，外公比曹聚仁早入校兩年，他們同出於李叔同（即後來出家的弘一大師）門下。老同學在非常時期相逢格外高興，曹聚仁請外公在聚豐園吃飯，外公和年長的兒女都參加了。

可誰也想不到，這一餐飯居然吃出了問題。這是他們當時飯間的一番話引起的。據外公回憶，在席間，曹聚仁忽然問：「你的孩子中有幾人喜歡藝術？」豐子愷帶着遺憾回答：「一個也沒有！」曹聚仁當時便斷然叫道：「很好！」

外公當時想不通不歡喜藝術「很好」的道理。後來有人告訴外公：「曹聚仁說你的《護生畫集》可以燒毀了！」

這次不愉快的飯局，緣起藝術，更因為《護生畫集》。《護生畫集》是 1927 年由弘一法師創導，並與外公共同籌劃推動的一套圖文並茂的畫集。當時弘一法師的原意，自然是弘揚佛法、戒殺放生、種植善根。第一集由弘一法師作文、由外公作畫，紀念法師 50 週年生日。1929 年第一集正式出版時請馬一浮先生作序。序言中有一段重要的話：「故知生，則知畫矣；知畫則知生矣；知護心則知護生矣。」[1] 相比於佛教的「戒殺放生」，由馬一浮先生撰寫的序言中更表達出「護生」不是目的，只是方法、手段和途徑，更高一層的目的是「護心」，即道德品格的完善。愛護禽獸魚蟲只是手段，創導仁愛和平，實現人和世間萬物的和諧

　1　陳星：《新月如水——豐子愷師友交往實錄》，第 44 頁，中華書局，2006。

相處才是目的。外公在《桂林藝術講話之一》《佛無靈》和《一飯之恩》等文章中曾說過，那是一種超越了「恩及禽獸」的偉大世界觀：「我曾作《護生畫集》，勸人戒殺。但我的護生之旨是護心，仁者的護生，不是護物的本身，是護人自己的心……護生的本源，便是護心。」外公還曾強調，讀《護生畫集》，須體會其「理」，不可執着其「事」。

聽到曹聚仁關於《護生畫集》的激烈評述，外公吃驚之下，聯想頗多。《護生畫集》可以燒毀了！這就是說現在「不要護生」的意思。這思想外公大不以為然。外公認為，繪製《護生畫集》的初衷和根本，在於「護生」就是「護心」。愛護生靈，勸戒殘殺，可以涵養人心的「仁愛」，可以誘致世界的「和平」。

外公說，敵寇侵略我國，違背人道，荼毒生靈，所以要「殺」。故我們是為公理而抗戰，為正義而抗戰，為人道而抗戰，為和平而抗戰。我們是「以殺止殺」，不是鼓勵殺生。我們是為護生而抗戰。

現在的確在鼓勵「殺敵」。這麼慘無人道的狗彘豺狼一般的侵略者，非「殺」不可。我國開出許多軍隊，帶了許多軍火，到前線去，為的是要「殺敵」。但是，這件事須得再深思一下：我們為甚麼要「殺敵」？因為敵不講公道。

外公是抗戰期間散文創作有成就的作家。他在這一時期寫的散文，和他的漫畫集《戰時相》一樣，具有明顯的戰鬥性，具有無法抑制的激昂、強烈的愛國主義情懷。當他得知緣緣堂毀於日寇的戰火，曾說：「房屋被毀了，在我反覺輕快，此猶破釜沉舟，斷絕後路，才能一心向前，勇猛精進。」

《護生畫集》一集一集地出版，其宗旨已經變化、昇

華。但作為戰地記者的曹聚仁，顯然更加看重對於抗戰的正面報道和對於侵略者的直接批判。本來，豐子愷、曹聚仁的手段不盡相同，應當是殊途同歸，最終目的是一致的。就這樣因為一餐飯，其實是對抗戰理念上的差異，對護生畫的理解的差異，以及造成衝突及誤會[2]。曹聚仁與豐子愷便再未續朋友之誼，有意無意，數十年間並不碰面。先後同學、文人學者，結下不應有的「怨」，這大約是雙方萬難逆料的結果，文學界對此亦有不少評述[3]。

曹聚仁後來久居香港，曾任新加坡《南洋商報》駐港特派記者。上世紀五十年代後期，主辦《循環日報》《正午報》等報紙。曾多次回內地，為促進祖國統一事業奔走。

曹聚仁的女兒曹雷是復興中學學生，比我高一級，在學校就演話劇、演電影，後來成了上海電影譯製片廠的著名配音演員。

2　朱曉江：《豐子愷〈護生畫集〉儒家藝術思想辯說》，《浙江社會科學》雜誌，2006 年第 5 期，第 184 頁。

3　楊曉文：《豐子愷與曹聚仁之爭》，見《論豐子愷 —— 2005 年豐子愷研究國際學術會議論文集》，第 7 頁，香港天馬出版有限公司，2005。

避寇中作

〔近代〕豐子愷

昨夜春風上旅樓①，飄然吹夢到杭州。

湖光山色迎人笑，柳舞花飛伴客遊。

樓閣玲瓏歌舞地，笙歌宛轉太平謳②。

平明角鼓③催人醒，行物蕭條一楚囚④。

註　釋

① 旅樓：旅舍、旅店。

② 太平謳：頌揚太平的歌聲。

③ 角鼓：泛指清晨報時之聲。

④ 楚囚：楚人鍾儀被晉俘虜，稱為「楚囚」。後指被囚禁或處境窘迫之人，典出《左傳・成公九年》。

評　述

　　日寇侵華，戰火燒到寧靜的石門灣。豐子愷先生被迫攜帶家小走上了內遷避亂之路。在江西萍鄉，豐家老小停留了二十餘天。雖是春天，然而連日陰雨，更增添了本就憂國憂民的豐子愷的愁悶。這首詩正是寫在這樣的心境之下。詩歌頷聯和頸聯借用著名的「暖風熏得遊人醉，直把杭州作汴州」的詩句，豐先生卻反用其意，讚許夢境中的

杭州湖光山色，歌舞昇平。尾聯卻筆鋒一轉，黎明的鼓角聲驚醒了詩人的夢境。醒來四壁蕭然，詩人還是一位流離失所的南冠楚囚，即將繼續遷徙而不知奔向何方。詩歌尾聯在悵然若失之中裹挾着國仇家恨，深得杜甫夔州詩之風神。

還我緣緣堂

外公一家在萍鄉暇鴨塘蕭祠住了二十多天。這裏四面是田，田外是山，人跡罕至，靜寂如太古。加之二十多天以來，天天陰雨，房間裏四壁空虛，行物蕭條，外公與子女相對枯坐，不啻囚徒。

我的母親林先（後易名豐宛音）當時才十六歲，性最愛美，關心衣飾，閒坐時舉起破碎的棉衣袖來給外公看：「爸爸，我的棉袍破得這麼樣了！我想換一件駱駝絨袍子。可是它在東戰場的家裏 —— 緣緣堂樓上的朝外櫥裏 —— 不知甚麼時候可以去拿得來。我們真苦，每人只有身上的一套衣裳！可惡的日本人！」外公被她引起很深的同情，心中一番惆悵，繼之以一番憤懣。我母親那夜睡在外公對面的牀上，夢中笑了醒來。外公問她有甚麼歡喜。她說她夢中回緣緣堂，看見堂中一切如舊，「小皮箱裏的明星照片一張也不少」。（原來我母親也是「追星族」！）歡喜之餘，不覺笑了醒來。那天晨間外公代她作了一首感傷的小詩《七律・避寇萍鄉代女兒作》[1]：

> 兒家原住古錢塘，也有朱欄映粉牆。三五良宵團聚樂，春秋佳日嬉遊忙。
> 清平未識流離苦，生小偏遭破國殃。昨夜客窗春夢好，不知身在水萍鄉。

---

1 豐陳寶，豐一吟編：《豐子愷文集》（文學卷三），第739頁，浙江文藝出版社，浙江教育出版社，1992。

　　2月9日，陪外公全家逃難的章桂從萍鄉城裏拿郵信回來，遞給外公一張明信片，嚴肅地說：「新房子燒掉了！」看那明信片是2月4日上海裘夢痕先生寄發的，有一段說：「一月初，上海新聞報載石門灣緣緣堂已全部焚毀。」「豐子愷全家生死不明。」外公說：「此信傳到，全家十人和三個同逃難來的親戚，有的可惜櫥裏的許多衣服，有的可惜堂上新置的桌凳。」一個女孩子說，大風琴和打字機最捨不得。一個男孩子說，鞦韆架和新買的金雞牌腳踏車最肉痛。外婆獨掛念她房中的一箱墊錫器和一箱墊瓷器，說：「早知如此，悔不預先在鞦韆架旁的空地上掘一個地洞埋藏了，將來還可以發掘。」

　　黃昏酒醒，燈孤人靜，外公躺在牀上時，也不免想念起石門灣的緣緣堂來。現在這所房屋已經付之一炬，從此與全家永訣了！外公說：

　　　　我離家後一日在途中聞知石門灣失守，早把緣緣堂置之度外，隨後陸續聽到這地方四得四失，便想像它已變成一片焦土，正懷念着許多親戚朋友的安危存亡，更無餘暇去憐惜自己的房屋了。況且，沿途看報某處陣亡數千人，某處被敵虐殺數百人，像我們全家逃出戰區，比較起他們來已是萬幸，身外之物又何足惜！

　　　　我雖老弱，但只要不轉乎溝壑，還可憑五寸不爛之筆來對抗暴敵，我的前途尚有希望，我決不為房屋被焚而傷心，不但如此，房屋被焚了，在我反覺輕快，此猶破釜沉舟，斷絕後路，才能一心向前，勇猛精進。……在最後勝利之日，我定要日

本還我緣緣堂來！東戰場，西戰場，北戰場，無數
同胞因暴敵侵略所受的損失，大家先估計一下，將
來我們一起同他算帳！[2]

2　豐子愷：《還我緣緣堂》。

滿庭芳・漢上繁華

〔南宋〕徐君寶妻

漢上繁華[①]，江南人物，尚遺宣政[②]風流。綠窗朱戶，十里爛銀鈎[③]。一旦刀兵齊舉[④]，旌旗擁、百萬貔貅[⑤]。長驅入，歌樓舞榭，風捲落花愁。

清平三百載[⑥]，典章文物[⑦]，掃地俱休。幸此身未北，猶客南州。破鑒徐郎何在[⑧]？空惆悵、相見無由。從今後，斷魂千里，夜夜岳陽樓。

註釋 ⋯⋯⋯⋯⋯⋯⋯⋯⋯⋯⋯⋯⋯⋯⋯⋯⋯⋯⋯⋯⋯⋯⋯

① 漢上：南宋時指江漢一帶。

② 宣政：北宋政和到宣和年間（1111-1125）。

③ 爛銀鈎：光爛的銀製簾鈎，指代華屋美居。

④ 刀兵齊舉：刀兵，泛指兵器。言元兵入侵南宋事。

⑤ 貔貅（pí xiū）：傳說中的猛獸，後比喻勇猛的戰士。

⑥ 清平三百載：自宋太祖趙匡胤建隆元年至恭帝德祐二年，凡三百餘年。

⑦ 典章文物：指法令、禮樂、制度等。

⑧ 破鑒：此處用徐德言與妻子破鏡重圓典。南朝陳太子舍
人徐德言與妻子樂昌公主擔心國家敗亡以後不能相保，
就將一面鏡子破成兩半，一人拿着一半，約定將來某年
的正月十五日在都市中賣破鏡，希望兩人能夠相見。陳
國滅亡以後，公主就到了越國公楊素家。徐德言如約到
了京城，見有賣半塊鏡子的人，拿出自己的一半鏡子與
它合上。徐德言題了一首詩：「鏡與人俱去，鏡歸人不
歸。無復嫦娥影，空留明月輝。」公主讀到這首詩後，悲
痛哭泣吃不下飯。楊素知道以後，馬上把徐德言召來，
把公主還給他，二人回到江南，相伴終老。

評述

　　徐君寶妻，宋末岳州（今湖南岳陽）人。南宋亡國之
際，徐君寶的妻子同被擄至杭州。因其相貌姣好，主者不
忍將其殺掉，強其順從。徐君寶妻子施巧計，謊稱先祭先
夫然後相從，最後投池自盡。死前題《滿庭芳》於壁上，
流傳千古。1962 年，豐子愷先生曾將此詞寫寄其子豐元
草，詞末撮述元人陶宗儀編撰的《南村輟耕錄》所記徐君寶
妻事云「徐君寶妻，岳州人，被掠至杭州，其主者數欲犯
之，輒以計脫。主者強焉，告曰俟祭先夫，然後為君夫。
主者諾，乃焚香再拜，題詞壁上，投池中死」，亦褒其忠烈
也。古代女子，命運多歸於悲戚。尤其戰亂之時，極富文
采的女子，傷時憂國，感懷世事，以文字抒發内心鬱結，
作品傳於後世。像徐君寶的妻子，如果不是題於壁上的這
首《滿庭芳》，又有陶宗儀從老人那裏聽聞此事，寫進《輟
耕錄》，後來的人大概不會知道那時還有這樣一個真實凄美

的故事。儘管不知道這位女子的名姓，但我們可以從有幸傳下來的這首詞中，感懷曾經的悲壯。該詞上闋回憶往昔繁華，由一句「一旦刀兵齊舉」陡轉急下，回到戰亂中的現實。空對着，河山萬里，滿目瘡痍。又聯想及徐德言與妻子破鏡重圓事，作者憂愁鬱結，惆悵傷懷。面對逼迫，一個弱女子，只能以死了之。該詞末句，作者悲痛已極：從今而後，我可能再也見不到你了。只願死後，魂靈在每個夜晚都可以返回故土。明人葉紹袁感其事，以「泣貞魂於冷月，淒玉骨於荒煙」作評。

斷魂千里，夜夜岳陽樓

1938 年，外公一家離開萍鄉後，先到長沙，六月份到達桂林，在桂林師範學校任教，外公的《教師日記》就是在桂林期間寫的。從日記上看，外公在桂林師範學校不僅教美術，也給學生們講授古詩詞，他在 1939 年 1 月 18 日的《教師日記》中寫道：

> 授高師學生徐君寶妻所作《滿庭芳》，講授時頗感動，此詞似為今日中國描寫，使人讀之有切身之感。學生中亦有動容者。

徐君寶妻是宋末岳州（今湖南岳陽）人。南宋亡國之際，徐君寶的妻子被擄至杭州。因她相貌姣好，擄她的蒙古軍官強其順從。徐君寶的妻子只得謊稱必須先祭先夫，然後才能相從，最後投池自盡。臨死時，題《滿庭芳》於壁上，流傳千古。

外公對徐君寶妻非常推崇。這首《滿庭芳》後來他也多次教給兒孫。他在《談抗戰歌曲》一文中回憶歷史上抗敵的詩詞，第一首是岳飛的《滿江紅》，第二首就是徐君寶妻的這首《滿庭芳》。外公說：「此詞雖是一女子的委婉的敘述，但讀起來一步緊一步，終於令人悲憤填胸，怒髮衝冠。此次日寇的暴行之下，我民族的悲壯行為，類乎此者極多。在文學中一定有了動人的描寫。但在歌曲中我沒有見過。倘得選出或作出這類的歌詞來，譜之以曲，流傳民間，其聲音一定可以動天地泣鬼神。」

　　當年有無數青年上前線，其中有不少女學生，做護士，當報務員，甚至拿起武器殺敵，中國遠征軍兩次出征緬甸，有許多女青年參軍任護士、報務員等。據報道，杜聿明將軍在第一次遠征軍失利後率軍通過原始森林「野人山」回國，許多女醫生女護士在路上捐軀，只有一名女護士走出野人山。

望江南・避難

〔近代〕豐子愷

逃難也，逃到桂林西。獨秀峯前談藝術，七星巖下躲飛機。何日更東歸。（在桂林也）

聞警報，逃到酒樓中。擊落敵機三十架，花雕美酒飲千盅。談話有威風。（在漢口也）

逃難也，萬事不周全。袍子脫來權作枕，洋火用後當牙籤。剩有半枝煙。（在浙江舟中也）

空襲也，炸彈向誰投。懷裏嬌兒猶索乳[①]，眼前慈母已無頭。血乳相和流。

逃難也，行路最艱難。粽子心中藏法幣[②]，棉鞋底裏填存單。度日如經年。（在江西舟中也）

防空也，日夜暗驚魂。明月清風非美景，傾盆大雨是良辰。苦煞戰時民。

註釋 ··

① 「懷裏嬌兒猶索乳」二句：見本書《辭緣緣堂》一文。

② 法幣：1935-1948 年間國民政府發行的紙幣。為了應對戰爭，國民政府採取通貨膨脹政策。由於法幣不斷貶值，1948 年 8 月，又發行「金圓券」，以一比三百萬比率兌換法幣，但金圓券貶值速度較法幣更為迅速。

評述 ··

　　《望江南》，本來是唐代教坊曲名，後成為詞牌，其別名很多，又稱《憶江南》《夢江南》《江南好》等。從這些別名可以看出，白居易的《憶江南》是最富盛名的，「江南好，風景舊曾諳。日出江花紅勝火，春來江水綠如藍。能不憶江南」。可能由於這首《憶江南》的影響太大，這一詞牌後來的題材便以回憶某一地生活的居多。《望江南》只有二十七字，三平韻，格律不複雜，但要用到三字句、五字句、七字句，中間又要有兩句對偶的，很適合初學填詞的人用做練習。豐子愷先生便經常用《望江南》詞牌填詞。這首《望江南・避難》回憶了逃難沿途中的生活，用詞明白如話，中間兩句仍按格律大體對仗，不僅內容與形式貼合，且洋溢着苦中作樂的精神。

藝術的逃難

1938 年底，外公應浙江大學校長竺可楨之約擔任該校的藝術指導，教授「藝術教育」和「藝術欣賞」課程。聽我父親說，豐子愷講課時，課堂內外、走廊上都擠滿學生和「聽眾」。

1939 年，日軍在北部灣登陸，威脅南寧、桂林，浙江大學決定遷到貴州湄潭，學生、教師扶老攜幼，經過崎嶇的「黔道」，向貴州逃去。外公讓大的孩子自己去找車子，自己帶着老幼共七人另想辦法，大家約好目的地為都勻。外公曾在《藝術的逃難》一文中詳細、生動地描述了這次逃難的歷程。

外公他們到了河池就怎麼也擠不上車子。河池地方很繁盛，旅館也很漂亮。老板是讀書人，知道外公的大名，安慰說：「我家在山中，可請先生同去避亂，若得先生寫些書畫，給我子孫代代保藏，我便受賜不淺了。」次日，老板拿出一副大紅閃金對聯紙來，說：「老父今年七十，蟄居山中，做兒子的不能奉觴上壽。」他請外公寫一副對聯，聊表他做兒子的寸草之心，「可使蓬蓽生輝」。

墨早磨好，濃淡恰到好處，外公提筆寫就。但那閃金紙是不吸水的，墨水堆積，歷久不乾。門外太陽光做金黃色。管賬提議，抬出門外去曬，由他坐着看管。外公寫字時，暫時忘了逃難。此時又帶了一顆沉重的心，上樓去休息。豈知一線生機，就在這裏發現。

老板上樓來說：「有一位趙先生來見。」這時一位穿皮上衣的男子已經走上樓來，握住外公的手，連稱：「久仰！

難得！」他是此地加油站的站長，適才路過旅館，看見門口曬着紅對子，是外公寫的，而墨跡未乾，料想外公一定住在旅館裏，便來訪問。外公向他訴說了來由和苦衷，他慷慨地說：「先生運道太好，明天正好有一輛運油的車子開都勻，如今我讓先生先走，途中只說是我眷屬是了。」

這天晚上，趙君拿出一卷紙來，要外公作畫。為了交換一輛汽車，外公不得不在昏昏燈火之下，用惡劣的紙筆作畫，這在藝術上是一件最苦痛、最不合理的事。但外公當晚勉力執行了。次日一早，趙君來送行，下午外公老幼五人（外公老姐及另一男孩已搭浙大學生的車先行一步）及行李十二件，安全到達目的地都勻，老姐及年長的兒女都已先到了。全家十一人，離散十六天後，在安全地帶團聚。正是：人生難逢笑口開，茅台須飲兩千杯！這晚上十一人在中華飯店聚餐，外公飲茅台大醉。

比外公早到的浙大同事張其昀先生見了外公，幽默地說：「豐先生，聽說你這次逃難很是『藝術的』？」

張其昀先生是著名的地理學家、歷史學家，曾在浙江大學、美國哈佛大學任教。

多年後我和妻子王麗君到台灣旅遊，台灣中華映管公司的技術總監、我的朋友梁建錚請我們吃飯，席間談起這段「藝術的逃難」，梁先生說，國共內戰後期，國民黨潰敗，張其昀勸蔣介石趁早經營台灣，留一條唯一的後路。1949 年張其昀隨蔣到台灣。

寄阿先並示慕法菲君

〔近代〕豐子愷

夢裏猶聞祖母香，兒時歡笑憶錢塘^①。

幸逃虎口離鄉國，淡掃蛾眉嫁宋郎。

卻憶弄璋^②逢戰亂，欣看畫荻^③效賢良。

玉兒才貌真如玉，儒雅風流世有雙。

註釋

① 錢塘：指杭州，這裏泛指作者家鄉桐廬一帶。

② 弄璋：指生男孩，這裏是豐子愷祝賀女兒生子宋菲君。

③ 畫荻：歐陽修幼年喪父，家境貧寒。母親用荻管畫地寫字，教其讀書。後世用來讚揚母教。

評述

　　豐子愷先生是一位興趣廣泛的畫壇宗師，他的家庭生活也充滿着慈祥溫暖的氣氛，即使在西遷的亂離之時也不例外。這首詩作於 1945 年，「阿先」，即作者之次女林先，今名宛音。慕法，即宋慕法，林先之夫。菲君，是他們的長子，當時四歲。那時豐子愷先生在重慶任教，而宋慕法、豐林先、宋菲君一家三口仍留在遵義。豐先生在這封家書性質的信中表達了對女兒婚後幸福生活的欣喜與祝

福：他回憶了女兒小時在錢塘的祖母的寵愛下愉快成長。逃難途中，雖然遠離鄉梓，卻有幸與同樣逃難的浙大學子宋慕法喜結良緣。夫妻舉案齊眉，相敬如賓。婚後生下宋菲君。豐林先教子有方，雖然苦難時期，生活清貧，但一家人郎才女貌、美滿和諧，「警報做媒人」可以稱得上是「世間有雙」。

警報做媒人

從 1938 年至 1942 年期間，外公在浙大講授「藝術概論」等課程，並追隨浙大西遷，先後執教於廣西宜山和貴州遵義。在顛沛流離中，子女的學習受到不小影響，儘管逃難路上外公親自為子女補習古文，但別的課程欠缺較多。到貴州遵義後，外公就想請位家教，給孩子們補補理科和英文。那一年浙大剛畢業的兩位男青年走進豐家，要見見他們的老師豐子愷，其中一位叫宋慕法（作者的父親），是貝時璋先生的學生，剛從浙大生物系畢業，在遵義酒精廠工作，經人介紹來豐家做家教。

在補課期間，宋慕法和豐家二小姐豐林先（作者的母親，後改名為豐宛音）戀愛，決定結婚，這是豐家子女的第一椿喜事，還是豐家在抗戰時期唯一一椿婚事。外公曾作畫《警報做媒人》，尚不知是否取材於父母親的故事，但正是抗戰，正是浙大西遷，才成就了這段姻緣。

父母結婚的日子為 1941 年 9 月 7 日，婚禮在遵義的成都川菜館舉行。主婚人應為雙方父母，女方自然就是豐子愷，男方由於老家遠在浙江平陽，更由於戰亂，不便來人，就請同鄉、浙大教授蘇鴻的太太當主婚人。證婚人就是外公的朋友、著名數學家蘇步青。

結婚證書由外公手書，那天的婚禮熱鬧非凡，共有七十四位親朋好友在簽到本上簽字。浙大的舒鴻（又稱「奧運金哨」），史地學家張其昀，數學家陳建功、蘇步青，理論物理學家束星北，文史學家酈承銓、歐陽翥、王煥鑣，電機科教師王國松等名人都來參加，竺可楨校長因出差未能參加，由他的妻子陳汲出席，簽名「竺陳汲」，婚禮幾乎

成了名人聚會。

　　儘管是在困難時期，新娘還是想披婚紗，竺可楨校長夫婦贈送一牀繡花被面，就當了新娘的婚紗，小姨豐一吟當了女儐相。

　　當年 11 月 6 日，外公又應國立藝專校長陳之佛之聘，到重慶擔任該校教授兼教務長。我家仍留在遵義。

　　外公曾寫過一首《催生詩》寄給我母親：

> 憶昔喜弄瓦，常作「小母親」。
> 今待寒食後，盼汝得「千金」。

　　「弄瓦」的意思是得女兒。我母親小時候喜歡抱着洋娃娃扮母親。從詩中看，當時家裏人盼望（或推測）母親能生個女兒。我是在父母婚後的次年即 1942 年的清明節出生的，沒想到第一個孩子是男孩，也是豐家的第一位外孫。外公寫了一封信給我父親，說：「得信全家大喜，商量起名，至今決定，另寫一紙附去，菲是芳菲之意（清明節古稱「芳菲節」），芳菲之君，又含有平凡偉大之意。盼望滿月後見見菲君。」

　　我略長大一點後，就成了外公筆下的模特兒。我的一顰一笑，都成了外公的畫題。我和小舅舅只差四歲，常常一起玩，人稱「大外孫、小娘舅」。在《將來我和小娘舅一樣大了，也叫你爸爸》中，外孫指着一旁的小舅舅問：「為甚麼我叫你外公，他叫你爸爸？」外公隨意地回答：「你小，叫我外公，小娘舅大，叫我爸爸。」可愛又似懂非懂的外孫說：「將來我同小娘舅一樣大了，也叫你爸爸。」這段讓人忍俊不禁的家庭小品被外公畫了下來，登在報上，還不知有多少讀者會捧腹大笑！

47

小重山·昨夜寒蛩不住鳴

〔南宋〕岳　飛

昨夜寒蛩①不住鳴。驚回千里夢②，已三更。起
來獨自繞階行。人悄悄③，簾外月朧明④。

白首⑤為功名⑥。舊山⑦松竹老，阻歸程。欲將心
事付瑤琴⑧。知音⑨少，弦斷有誰聽？

註釋 ···

① 寒蛩（qióng）：深秋的蟋蟀。

② 千里夢：指光復中原之夢。

③ 悄悄（qiǎo）：寂靜的樣子。

④ 月朧（lóng）明：月色微明。

⑤ 白首：（熬）白了頭。

⑥ 功名：功業與名聲。

⑦ 舊山：家鄉的山，代指故鄉。

⑧ 瑤琴：用玉裝飾的琴。宋·何薳《春渚紀聞·古琴品
　 說》：「秦漢之間所製琴品，多飾以犀玉金彩，故有瑤
　 琴、綠綺之號。」

⑨ 知音：典出《列子·湯問》，俞伯牙善鼓琴，鍾子期善聽
　 琴。後人以「知音」比喻知己。

評述

　　岳飛（1103-1142），字鵬舉，相州湯陰（今屬河南安陽）人，南宋抗金名將，累官樞密副使，封武昌郡開國公。因反對朝廷與金議和，宋高宗紹興十二年（1142），被秦檜以「莫須有」罪名殺害，享年三十九歲。孝宗時追謚武穆，理宗時追封鄂王。這首詞約作於紹興八年（1138）宋、金和議之後。秋夜裏蟋蟀鳴聲起伏，岳飛從夢中驚醒，披衣起身，繞階獨行。簾外悄然靜謐，月色微明，剛才還在夢裏轉戰千里，但眼下故鄉卻仍落入金人手中。就在岳飛打算「直搗黃龍」的時候，朝廷與金人議和了。回鄉的路被阻斷，收復山河的舊夢實際上已經破碎了。世無知音，即使彈斷了琴弦，又有誰能了解自己的心事呢？岳飛傳世的詞作不多。相比《滿江紅》的忠憤激烈、激昂噴薄，這首《小重山》情緒內斂低沉，含蓄委婉，悲涼悱惻之至。

外公「割鬚抗敵」

有一次我看《說岳全傳》，說起岳家軍在朱仙鎮大破金兀朮的拐子馬，在慶功宴上激勵部將「直搗黃龍府，與諸君痛飲耳」，但宋高宗聽信投降派宰相秦檜的讒言，十二道金牌將岳飛召回，岳飛抗金功虧一簣。外公說岳飛原來曾寫下「歸來報明主，收拾舊神州」的名句，但被高宗召回後鬱鬱不得志，遂寫下了《小重山》。

抗戰期間，外公多次以岳飛抗金的故事為題材，寫文章、畫漫畫，歌頌全民抗戰。外公在 1938 年的《談抗戰歌曲》一文中說[1]：

> 抗戰以來，藝術中最勇猛前進的要算音樂。……只有音樂，普遍於全體民眾，像音樂像血液周流於全身一樣。我從浙江通過江西、湖南，來到漢口，在沿途地逗留，抗戰歌曲不絕於耳。連荒山中的三家村裏（我在江西坐船走水路，常夜泊荒村，上岸遊覽，親耳所聞），也有『起來，起來』『前進，前進』的聲音出之於村夫牧童之口。都會裏自不必說，長沙的湖南婆婆，漢口的湖北車夫，都能唱『中華民族到了最危險的時候』。宋代詞人柳永所作詞，普遍流傳於民間，當時有「有井水處，即有柳詞」之諺。現在也可以說：「有人煙

1　豐陳寶，豐一吟編：《豐子愷文集》（藝術卷四），第 4 頁，浙江文藝出版社，浙江教育出版社，1992。

處，即有抗戰歌曲。」

原來音樂是藝術中最活躍，最動人，最富於「感染力」和「親和力」的一種。故我們民間音樂發達，即表明我們民族精神昂奮，是最可喜的現象。前線的勝利，原是忠勇將士用熱血換來的。但鼓勵士氣，加強情緒，後方的抗戰文藝亦有着一臂的助力，而音樂實為其主力。

抗戰期間，外公於 1938 年 3 月帶着我大姨豐陳寶和我母親豐林先兩個女兒到武漢。當時愛國的文藝界人士雲集武漢，外公寫文章、畫抗日漫畫，做了大量抗戰的文藝工作。當年 5 月份《抗戰文藝》創刊，外公是編委之一，並題刊名。外公到武漢後，脫下灰布長袍，換了中山裝。到桂林後甚至着「戎裝」攝影後寄給朋友，顯得年輕了許多。報刊紛紛報道：「豐子愷割鬚抗敵。」

1938 年台兒莊大捷。母親回憶當時的情況，聽說中國軍隊在前線與敵寇浴血苦戰，付出巨大的犧牲，特別是川軍萬餘人拼死疆場，外公常常吟誦「誓掃匈奴不顧身，五千貂錦喪胡塵」（估計是指川軍王銘章全師在藤縣戰死），外公撰文《中國就像棵大樹》[2]：「中華民族的生命，是永遠摧殘不了的。無論現在如何危難，他定要繼續生存。這大樹真可說是今日的中國的全體的象徵。」並發表一幅畫《大樹被斬伐，生機並不絕》。

《捷報》《歸來報明主》畫於民國三十四年九月九日即

2　豐陳寶，豐一吟編：《豐子愷文集》（文學卷二），第37頁，浙江文藝出版社，浙江教育出版社，1992。

1945 年日本投降的時候。畫題取材於岳飛的詞《送紫巖張先生北伐》：

> 號令風霆迅，天聲動北陬。
> 長驅渡河洛，直搗向燕幽。
> 馬蹀閼氏血，旗梟可汗頭。
> 歸來報明主，恢復舊神州。

新豐折臂翁①

〔唐〕白居易

新豐老翁八十八，頭鬢眉鬚皆似雪。
玄孫扶向店前行②，左臂憑肩右臂折③。
問翁臂折來幾年，兼問致折何因緣。
翁云貫屬新豐縣，生逢聖代無征戰④。
慣聽梨園歌管聲⑤，不識旗槍與弓箭。
無何天寶大徵兵⑥，戶有三丁點一丁。
點得驅將何處去，五月萬里雲南行。
聞道雲南有瀘水⑦，椒花落時瘴煙起⑧⑨。
大軍徒涉水如湯⑩，未過十人二三死。
村南村北哭聲哀，兒別爺娘夫別妻。
皆云前後征蠻者，千萬人行無一回。
是時翁年二十四，兵部牒中有名字⑪。
夜深不敢使人知，偷將大石捶折臂。
張弓簸旗俱不堪⑫，從茲始免征雲南。
骨碎筋傷非不苦，且圖揀退歸鄉土。
此臂折來六十年，一肢雖廢一身全。
至今風雨陰寒夜，直到天明痛不眠。
痛不眠，終不悔，且喜老身今獨在。
不然當時瀘水頭，身死魂孤骨不收。
應作雲南望鄉鬼，萬人塚上哭呦呦⑬。
老人言，君聽取。

君不聞開元宰相宋開府⑭，不賞邊功防黷武。

又不聞天寶宰相楊國忠⑮，欲求恩幸立邊功。

邊功未立生人怨，請問新豐折臂翁。

註釋

① 新豐：唐代縣名，在今陝西臨潼縣東北。

② 玄孫：孫子的孫子。

③ 左臂憑肩：左臂扶在玄孫肩上。

④ 聖代：聖明時代。折臂翁大概生於開元中期，並在開元
　　後期度過青少年階段。開元時期，社會比較安定，經濟
　　繁榮，故稱「聖代」。

⑤ 梨園：玄宗時宮庭中教習歌舞的機構。新豐在驪山華清
　　宮附近，所以老翁能聽到宮中飄出的音樂。

⑥ 無何：無幾何時，不久。

⑦ 瀘水：今雅礱江下游的一段江流。

⑧ 椒花：椒樹夏季開始落花。

⑨ 瘴煙：即瘴氣，中國南部和西南部地區山林間因濕熱蒸
　　發而產生的一種能致人疾病的氣體。

⑩ 湯：熱水，這裏指的是瘴氣氤氳在水面，就如同沸水
　　一樣。

⑪ 牒：兵部文書，這裏指徵兵的名冊。

⑫ 簸：搖動。

⑬ 萬人塚：原詩自註說，雲南有萬人塚，在鮮于仲通、李
　　宓軍隊覆沒的地方。萬人塚在南詔都城太和（今雲南大
　　理），故址尚存。

⑭ 宋開府：指宋璟，開元時賢相，後改授開府儀同三司。原詩自註說，開元初天武軍牙將郝靈佺斬突厥默啜，自謂有不世之功，宋璟為了防止邊將為邀功請賞而濫用武力，挑起與少數民族的糾紛，第二年才授他為郎將，結果郝氏抑鬱而死。

⑮ 楊國忠：天寶年間拜相，嫉賢妒能，是唐代有名的奸相。

評述

　　白居易（772-846），字樂天，號香山居士，祖籍太原，生於河南新鄭。唐代偉大的現實主義詩人。白居易與元稹共同倡導新樂府運動，世稱「元白」，與劉禹錫並稱「劉白」。他的詩歌題材廣泛，形式多樣，語言平易通俗。官至翰林學士、左贊善大夫。有《白氏長慶集》傳世，代表詩有《長恨歌》《賣炭翁》《琵琶行》等。《新豐折臂翁》是白居易寫於唐憲宗元和四年（809）的《新樂府》五十篇中的一篇。這首《新豐折臂翁》題下小序是「戒邊功也」，將作詩目的說得十分清楚。詩歌寫了一位在天寶年間逃過兵役的老人的傳奇經歷。這首詩可以分為三個部分，第一部分描繪了折臂翁的外觀形象，第二部分詩人以第一人稱的口吻敍述老翁親歷的徵兵往事，第三部分則是詩人對窮兵黷武的議論。這位老翁生逢開元盛世，他聽慣了宮廷梨園裏傳出的歌舞管弦，不懂得舞刀弄棒。可是好景不長，天寶年間朝廷對南詔的軍事行動打破了人們的安寧生活，造成了無數的妻離子散。即將遠征的人們聽說在雲南的瀘水上，瘴氣迷漫，奔赴戰場的人，沒一個能活着回來。更不幸的是，老翁的名字出現在徵兵的名冊上，他只有選擇在深夜

用石頭砸斷自己的手臂。他雖然從此變成了殘廢，為此而痛苦終生，但卻得到了長壽，沒有成為萬人塚上的望鄉鬼。詩人在最後追念了開元時代的賢相宋璟，抑制邊將邀功的正確舉措，同時譴責了楊國忠為了達到固寵的醜惡目的，視幾十萬生命為兒戲，使無數人家破人亡，國家和民族也因此而變得災難深重。詩人反對不義戰爭，希望各民族平等相待，和睦相處，表現出詩人仁民愛物的寬廣胸襟與美好願望。

新豐折臂翁

在抗日戰爭中，百萬川軍奔赴前線，與侵略軍浴血苦戰。外公拍案而起，用那「五寸不爛之筆」，寫文章畫畫，討伐侵略者。

但外公篤信佛教，熱愛和平，很喜歡白居易的《新豐折臂翁》，祈求天下無戰事。他的書畫中抒發和平理念的作品很多。例如漫畫《漁陽老將談新戰，幾度搴裳指彈痕》《賣將舊斬樓蘭劍，買得黃牛教子孫》。又如郭震的詩：

老來弓劍喜離身，說着沙場更愴神。

任使將軍全得勝，歸時須少去時人。

我們家從 1943 年或 1944 年起就搬到重慶，當時住在覃家崗，父親在重慶中正中學教英文。外公家在沙坪壩，外公稱他家自建的房子為「沙坪小屋」。我們在重慶一直住到 1946 年才復員回到上海。

母親常常和我說起重慶的往事，她曾說抗戰勝利後，許多傷兵回到重慶，社會秩序很亂。外公曾畫過好幾幅畫，描寫那些曾經為國家受傷的勇士的窘況。母親說有一次一個傷兵不知甚麼原因向一輛小轎車開了一槍，打死了車裏的一位要員，汽車司機拚命開車逃脫，重慶各大小報刊都對此事大肆報道。

賀新郎·兵後寓吳①

〔南宋〕蔣　捷

深閣簾垂繡。記家人、軟語燈前，笑渦紅透。萬疊②城頭哀怨角③，吹落霜花滿袖。影廝伴、東奔西走。望斷鄉關知何處，羨寒鴉、到着黃昏後。一點點，歸楊柳。

相看只有山如舊。歎浮雲、本是無心，也成蒼狗④。明日枯荷包冷飯，又過前頭小阜⑤。趁未發、且嘗村酒。醉探枵囊⑥毛錐⑦在，問鄰翁、要寫牛經⑧否。翁不應，但搖手。

註 釋 ....

① 兵後：元兵攻陷臨安，宋王朝滅亡後。

② 萬疊：單曲往復，如「陽關千疊」。

③ 角：軍中號角。

④ 蒼狗：蒼，灰白色。白雲蒼狗，形容世事無常，幻化不定。

⑤ 小阜：小土山。

⑥ 枵（xiāo）囊：枵，空虛。空囊，形容窮困。

⑦ 毛錐：毛筆。

⑧ 牛經：與養牛相關的書。

評 述 ··

　　蔣捷，字勝欲，號竹山，陽羨（今江蘇宜興）人，南
宋咸淳十年（1274）進士。詞史上與王沂孫、周密、張炎齊
名，並稱「宋末四大家」。南宋滅亡後，開始隱居、流浪，
拒不仕元，氣節為時人所重。有《竹山詞》傳世。這首詞
即作於戰後流落蘇州期間，耳聞目見，為淒涼所束。回憶
深處，繡簾深閣，團坐在溫婉的光中，如花笑靨，靜謐如
燈。何曾想，城頭變幻，軍號哀鳴，家人離散，慌亂中，
落了冰冷的滿袖霜花。日暮鄉關，煙波江上，何處是歸
程？每當日落，我突然就很羨慕那些寒鴉，隱沒於楊柳梢
頭。人非物換，轉頭成空，遠河遠山如舊。世事真無常，
想想明天，仍是冷飯殘酒。如今，我要依憑筆墨，代人寫
點東西貼補家用，都無計可施。這首詞以回憶起筆，今昔
對照，尤顯淒涼。「情以物遷，辭以情發」，最打動人的，
是在國破家亡以後，那些原本平常安靜的事物，如日暮寒
鴉歸樹，一旦入眼，心旌即為之搖動，眼淚恐怕也控制不
住。《文心雕龍‧物色》篇的贊語總結尤妙，可移過來幫助
理解這首詞的妙處，「山沓水匝，樹雜雲合。目既往還，心
亦吐納。春日遲遲，秋風颯颯。情往似贈，興來如答」。

七載飄零久

　　1944 年，二戰形勢已經發生根本性變化，美國在太平洋戰場已經取得節節勝利，戰線已經非常接近日本。抗戰已經十三年，進入戰略反攻階段，中國遠征軍強渡怒江天險，從滇西反攻，連克日軍重兵把守的騰衝、松山等地。同時繼昆明修築機場供美國援華「駝峯航線」飛機降落外，在成都等地也修築機場，供美國 B-29 遠程轟炸機從四川起飛轟炸日本本土。當時中國沒有大型機械，機場全靠民工修築。父親曾回憶，那時候紙上頭條新聞、大幅照片都是聯軍勝利的報道。

　　當時外公住在重慶沙坪壩的「抗建式」小屋內。中秋那天月明如畫，全家十人團聚。外公慶喜之餘，飲酒大醉。次晨醒來，在枕上填一曲《賀新郎・甲午中秋重慶作》。

　　七載飄零久。喜巴山客裏中秋，全家聚首。去日孩童皆長大，添得嬌兒一口，都會得奉觴進酒。今夜月明人盡望，但團圓骨肉幾家有？天於我，相當厚。

　　故園焦土蹂躪後，幸聯軍痛飲黃龍，快到時候。來日盟機千萬架，掃蕩中原暴寇，便還我河山依舊。漫捲詩書歸去也，問羣兒戀此山城否？言未畢，齊搖手。

在逃難路上「添得嬌兒一口」，指生了一個小兒子，取名「豐新枚」，就是我的小舅。中秋晚上家家賞月，但抗戰期間，許多家庭妻離子散，家破人亡，而外公全家在中秋團聚，真是太大的幸運，所以外公說「今夜月明人盡望，但團圓骨肉幾家有？天於我，相當厚」。多年後小姨寫書紀念外公，書名就是《天於我，相當厚》。

想不到第二年日本無條件投降了，外公形容那一天狂歡的景象：「酒醉之後，被街上的狂歡聲所誘，我又跟了青年們去看熱鬧……擠得倦了，歡呼得聲嘶力竭了……『豐先生，我們來討酒吃了！』我發現兩瓶茅台酒，據說是真茅台酒，我藏久矣，今日不吃，更待何時？」「就寢之後，我思如潮湧，想起了八年前被毀的緣緣堂，想起了八年來生離死別的親友，想起了一羣漢奸的下場，想起了慘敗的日本的命運，想起了奇跡地勝利的中國的前途……無端地悲從中來，所謂『勝利的悲哀』。」

外公寫《賀新郎》詞多張，分送親友，為勝利助喜。自己留下一張，貼在室內壁上，天天觀賞。大家在讚賞之餘，四川朋友卻不大高興了。抗戰十四年，作為大後方，百萬川蜀子弟參軍，王銘章一個師的將士戰死台兒莊藤縣。四川為抗戰做出了重大貢獻，並容納了數百萬逃難過來的內地同胞，包括多位文藝界名人。所以外公立刻將他的詞最後一句改為「言未畢，齊點首」。

外公在報刊發表文章《謝謝重慶》，說「漫捲詩書歸去也，問羣兒戀此山城否？言未畢，齊搖手」，其實並非厭惡這山城，只是感情、意氣、趣味所發生的豪語而已。凡人都愛故鄉。中國古代詩文中，此「病」尤為流行。「去國懷鄉」，自古歎為不幸。今後世界交通便捷，人的生活流

動，「鄉」的觀念勢必逐漸淡薄，而終至於消滅，到處為家，根本無所謂「故鄉」。然而中國人的血液裏，還保留着不少「懷鄉病」的成分。故客居他鄉，往往要發牢騷，無病呻吟。尤其是像外公全家，被敵人的炮火所逼，放逐到重慶來，發點牢騷，正是有病呻吟。豈料呻吟之後，病居然好了，十年不得歸去的故鄉，居然有一天可以讓全家歸去了！因此，不管故園已成焦土，不管交通如何困難，不管下江生活如何昂貴，外公一定要辭別重慶，遄返江南。

外公說，重慶的臨去秋波，非常可愛！那正是清和的四月，外公賣脫了沙坪壩的小屋，遷居到城裏凱旋路來等候歸舟。凱旋路這名詞已夠好了，何況這房子站在山坡上，開窗俯瞰嘉陵江，對岸遙望海棠溪。水光山色，悅目賞心。晴朗的重慶，不復有警報的哭聲，但聞「炒米糖開水」「鹽茶雞蛋」的節奏的叫唱。

這真是一個可留戀的地方。可惜如馬一浮先生贈詩所說：「清和四月巴山路，定有行人憶六橋。」外公說他自己苦憶杭州蘇堤上的六橋，不得不離開這清和四月的巴山而回到杭州去。臨別滿懷感謝之情！數年來全靠這山城的庇護，謝謝重慶！

我讀北大時，週日去人民音樂出版社拜訪二舅豐元草，他說外公寫這首詞，受到蔣捷《賀新郎》的影響。在外公這首詞中，借用了三首詩詞的句子：

「去日孩童皆長大」引自竇叔向詩：

夜合花開香滿庭，夜深微雨醉初醒。遠書珍重何曾達，舊事淒涼不可聽。

去日兒童皆長大，昔年親友半凋零。明朝又是孤舟別，愁見河橋酒幔青。

「今夜月明人盡望」引自王建詩：

中庭地白樹棲鴉，冷露無聲濕桂花。
今夜月明人盡望，不知秋思落誰家。

「漫捲詩書歸去也」則引自杜甫《聞官軍收河南河北》：

劍外忽傳收薊北，初聞涕淚滿衣裳。
卻看妻子愁何在，漫捲詩書喜欲狂。
白日放歌須縱酒，青春作伴好還鄉。
即從巴峽穿巫峽，便下襄陽向洛陽。

當時因安史之亂，杜甫為躲避戰火從中原流落到四川，聽說唐軍收復失地後寫了這首詩。這與外公豐子愷的情況頗像。母親對外公這首《賀新郎》評價很高，說這首詞「極具家園情懷，下闋預言抗戰最後勝利，果然一年後實現了」。

一剪梅・舟過吳江①

〔南宋〕蔣　捷

一片春愁帶酒澆。江上舟搖，樓上帘招②。秋
娘容與泰娘嬌③，風又飄飄，雨又瀟瀟。

何日雲帆卸浦橋④，銀字箏調⑤，心字香燒⑥。流
光容易把人拋⑦，紅了櫻桃，綠了芭蕉。

註釋 ....

① 吳江：今江蘇吳江。

② 帘招：帘，酒旗。招，招引。指酒旗在風中招搖。

③ 秋娘容與泰娘嬌：一作「秋娘渡與泰娘橋」。秋娘，唐德
宗時鎮海軍節度使李錡有侍妾名杜秋娘；又，李德裕家
有歌姬名謝秋娘。後世多以秋娘為歌姬或美妾之代稱。
泰娘，劉禹錫《泰娘歌》：「泰娘家本閶門西，門前綠水環
金堤。有時妝成好天氣，走上皋橋折花枝。」指家門前之
皋橋。秋娘與泰娘，暗指秋娘渡與泰娘橋兩個地名。作
者只取「秋娘」與「泰娘」二字，並進行了擬人化想像，
別有情致。

④ 何日雲帆卸浦橋：一作「何日歸家洗客袍」，皆遊子思家
望歸之意。

⑤ 銀字箏：箏，一作「笙」。銀字箏（笙），指有銀字裝飾的
樂器。

⑥ 心字香：用香末繞成篆字心形。

⑦ 流光：指時間。年光如逝水，迢迢去不停。

評述 ··

　　蔣捷的這首詞作於南宋滅亡後，時值初春，乍暖還寒，作者身遭離亂，漂泊於吳江、太湖一帶，搖舟江上，看見樓上招搖的酒旗，家國之思湧上心頭。眼下風雨時起，想起焚香慢調銀箏的日子，頓覺韶光如水，世事蹉跎。末兩句借櫻桃、芭蕉的顏色變化寫時光之飛逝，清新自然，卻又愁緒搖曳，勾人哀傷。

艱難的復員東歸路

　　抗戰勝利後，外公曾有留在重慶的念頭，他想：緣緣堂既然已成焦土，重慶倒還有幾間「抗建式」的「沙坪小屋」。四川當局也曾有公報：歡迎下江教師留在重慶，報酬從優。再說三位年長的舅舅和姨媽已在重慶任公教人員，小姨豐一吟「已是一口的四川話」。但馬一浮先生的一曲《感事詩稿》還是深深地勾起了外公的思鄉之情：

> 紅是櫻桃綠是蕉，畫中景物未全凋。清和四月巴山路，定有行人憶六橋。
> 身在他鄉愛故鄉，故鄉今已是他鄉。畫師酒後應回首，世相無常畫有常。

　　外公思念杭州的春天，蘇堤上的一株柳樹、一株桃花，決心捨棄沙坪壩的衽席之安，復員東歸。

　　聽我母親說，當時由於大批外地人復員，車船票非常難買到，外公常常在小屋裏踱步，反覆吟誦蔣捷的《一剪梅》「流光容易把人拋，紅了櫻桃，綠了芭蕉」。外公十分喜歡馬一浮先生的詩句，一直貼在「沙坪小屋」客堂內牆上。兩旁還掛着馬先生的贈聯：「藏胸丘壑知無盡，過眼煙雲且等閒。」

　　1946 年外公寫了一幅馬先生的詩句，贈給上大學的大女兒陳寶和二女兒寧馨，在後面還記敍了當時的情景：「卅五年（民國三十五年，即 1946 年）辭沙坪小屋遷居渝城，佇候歸舟而交通阻滯，行期渺茫。念昔年湛翁（指馬一浮

先生）贈詩，彌覺親切，牀頭有紙，援筆書之，以貽陳寶寧馨。」

豐家八個人終於在 1946 年走上復員東歸之路，這是一條崎嶇路。除了外公、外婆、舅舅、姨媽，還有我的父母親和我。我個頭小夠不着飯桌，吃飯時就墊着兩本很厚的《辭海》。經過綿陽、劍閣、寶雞到達開封。當中還有一個小插曲：在開封下車後，我就蹲到兩節車廂間玩耍。大舅看見，一把把我拽上來：「趕緊上來，車還要開。」就在這時候咯噔一下火車開動了。

外公全家在開封等車急得幾乎得病，手中盤纏不多了。正在着急，開封的報紙登出「豐子愷抵汴（開封簡稱）」的消息，朋友和粉絲們紛紛來看望，有位校長請外公作畫，幫助買到了票。

在鄭州車站人太多擠不上火車，外公和家人正在着急時，一些學生發現行李籤上寫着「豐子愷」，立刻認出了外公，他們在火車上擠出幾個位子，外公全家終於順利到武漢。

外公到了武漢，就找到開明書店，到了開明書店猶如回到娘家，書店幫助外公在漢口和武昌各辦了一場畫展，一下子就解決了生活問題和回江浙的盤纏。畫展上還有一個花絮：有一對夫妻看了《兼母之父》後吵了起來，男的指責女的像畫中的女人那樣不管家務，女的說是男的自己願意管孩子。

外公全家終於回到上海。外公在《勝利還鄉記》中說：「終於有一天，我的腳重新踏到了上海的土地。跨到月台上的時候，第一腳特別踏得重一點，好比同他握手。」

酬樂天揚州初逢席上見贈①

〔唐〕劉禹錫

巴山楚水淒涼地，二十三年棄置身②。
懷舊空吟聞笛賦③，到鄉翻似爛柯人④⑤。
沉舟側畔千帆過，病樹前頭萬木春⑥。
今日聽君歌一曲⑦，暫憑杯酒長精神。

註釋

① 樂天：中唐詩人白居易的號。

② 「巴山楚水淒涼地」二句：劉禹錫曾因政治鬥爭數次被貶，先後被貶到朗州、連州、夔州等地做地方官，前後長達二十三年。

③ 聞笛賦：指西晉向秀的《思舊賦》。

④ 翻似：倒好像。

⑤ 爛柯人：指晉代王質入山觀仙人弈棋，斧柄已爛的典故。柯，斧柄。

⑥ 沉舟、病樹：詩人自比。

⑦ 歌一曲：指白居易《醉贈劉二十八使君》一詩。

評述

　　劉禹錫，字夢得。中唐詩人，與白居易、元稹齊名。他的詩歌和人生，都與唐代激烈的政治鬥爭有着緊密關

聯。他青年時代積極參與「永貞革新」，失敗後是首先被迫害的「八司馬」之一。接連不斷地被貶謫到邊遠州縣任職，志同道合的摯友先後去世，劉禹錫的悲慨可想而知。然而最難能可貴的是他有一種永不屈服的樂觀精神，故而後世有人稱讚他是「詩豪」。這首詩最集中體現了他徹底的樂觀精神：沉船旁邊，千艘船舶已經駛過；病樹前頭，鬱鬱葱葱的樹木顯示着盎然春色。關於這句詩歌，歷來有許多解讀。表面上看，這是在歌頌某種潮流或者趨勢浩蕩，不是一艘沉船、一棵病樹能夠阻擋的，但仔細玩味，我們從劉禹錫的句子裏可以讀出一種超然的自信。他彷彿是在自比沉舟、病樹，認為自己才是時代的清醒者，那些魚貫而過的千帆和繁茂異常的萬木都只是歷史的過眼雲煙，詩句的反諷意味濃烈，發人深省。

到鄉翻似爛柯人

抗戰勝利復員回到上海不久，外公就回到桐鄉石門灣去憑弔緣緣堂。外公回憶起當時的情景：「當我的小舟停泊到石門灣南皋橋塊的埠頭上的時候，我舉頭一望，疑心是弄錯了地方。因為這全非石門灣，竟是另一地方。只除運河的灣沒有變直，其他一切都改樣了。這是我呱呱墜地的地方。十年以來，它不斷地裝着舊時的姿態而入我的客夢；而如今我所踏到的，並不是客夢中所慣見的故鄉！」

到了緣緣堂原來的地方，但見一片荒地，草長過膝，這才是「昔日歡宴處，樹高已三丈」。原來聽說緣緣堂雖毀於日本轟炸，但煙囪還是屹立，象徵着「香火不斷」。如今煙囪不知去向，而外公家的煙火的確不斷。十年前帶了六個孩子逃出去，回來時變成六個成人，又添了一個八歲的抗戰兒子（小娘舅豐新枚）。倘若緣緣堂在，它應當大開正門，歡迎外公全家回歸。可惜它如今變成一片荒煙蔓草。大舅豐華瞻想找一點緣緣堂的遺物，帶到北平去作紀念。尋來尋去，只有蔓草荒煙，遺物了不可得。後來用器物發掘草地，在尺來深的地方，掘得了一塊焦木頭。依地點推測，大約是門檻或堂窗的遺骸。

外公說，許多鄉親鄰居死於戰亂。「我走到了寺弄口，竟無一個認識的人。因為這些人在十年前大都是孩子，或少年，現在都已變成成人。」「兒童相見不相識，笑問客從何處來」，這兩句詩從前是讀讀而已，外公想不到自己會做詩中的主角！

旁邊不相識的人，看見這一羣陌生客操着道地的石門

灣土白（即家鄉石門灣的方言）談話，更顯得驚奇起來。其中有幾位父老，向外公他們注視了一會，和旁人切切私語，於是注目的人更多，外公非常感慨：「到鄉翻似爛柯人，連老家的人都不認得我了。」外公隱約聽見低低的話聲：「豐子愷，豐子愷回來了！」

二

西子湖畔舊事

採桑子·輕舟短棹西湖好

〔北宋〕歐陽修

輕舟短棹①西湖好，綠水逶迤②。芳草長堤，隱隱笙歌③處處隨。

無風水面琉璃滑，不覺船移。微動漣漪④，驚起沙禽⑤掠岸飛。

註 釋

① 短棹：划船用的小槳。

② 逶迤（wēi yí）：曲折綿延的樣子。

③ 笙歌：合笙之歌，一說吹笙唱歌。

④ 漣漪：水面波紋；微波。

⑤ 沙禽：沙灘上的水鳥。

評 述

　　潁州西湖（今屬安徽阜陽縣）為宋代名勝，風景秀麗，歐陽修為此作了十首《採桑子》，這是其中之一。歐陽修於北宋仁宗皇祐年間（1049-1054），曾為潁州知府，他在《思潁詩後序》中直接表達過對此地的喜愛：「愛其民淳樸、訟簡而物美，土厚水甘而風氣和，於時慨然已有終焉之意

也。」多年以後，歐陽修致仕，於是回到潁州居住，得償所願。這首小令的開篇，似為舟中視角，以此記敍所見，乘一輕便小船，循蜿蜒綠水，兩邊堤壩為花草覆蓋，葱鬱綿延，不知是哪裏的樂隊，隱隱奏着笙歌。湖面靜如銅鏡，宛若琉璃，小船漂蕩其中，如果不是兩岸的花草，真是難以察覺在動。船偶爾晃蕩那麼幾下，打破寧靜，泛起漣漪。剛剛幾隻或許正打盹兒的水鳥，也被嚇到，驚叫兩聲，下意識地猛撲閃兩下翅膀，掠岸飛向遠處，像投了幾塊石子，又落進了草叢。筆調淡雅輕鬆，清新自然，如同一幅簡筆畫，三兩筆即勾勒出作者恬淡愉悅的心情。

第二故鄉

　　外公給我講完歐陽修的十首《採桑子》，告訴我這詞裏講的西湖不是杭州的西湖，是潁州西湖。但外公說杭州西湖就和歐陽修的《採桑子》裏寫得一樣美。

　　外公的老家（桐鄉）在離杭州約一百里的地方，然而外公少年時代曾在浙江省立第一師範學校讀書，在那裏遇到了他的恩師李叔同；中年時代外公又在杭州做「寓公」，因此杭州可說是外公的第二故鄉。

　　抗戰勝利後，外公曾長期租住在杭州裏西湖靜江路85號。他在給朋友夏宗禹的信中說：「杭州山水秀美如昔，我走遍中國，覺得杭州住家最好，可惜房子難找。我已租得小屋五間，在西湖邊，開門見放鶴亭（即孤山林和靖放鶴處），地點很好，正在修理，大約一個月後可進屋。來信可常寄招賢寺，因小屋即在寺旁也。此屋租修約三百萬元，連家具佈置，共花五百萬元左右。上海畫展所得，就用空了。」[1]

　　我和母親也曾住在杭州好長時間。這座房子坐落在靜江路邊的高台階上，共有三間正房、兩間廂房，當中一個天井。外公他們住在正房，外公的書房前面有一扇大窗戶，正對着馬路。二姨豐寧馨和滿外婆（外公的姐姐豐滿）住西廂房，我和媽媽住東廂房。房子後面一條山路蜿蜒曲折通向葛嶺。靜江路在房前拐一個彎，向西不遠是西泠

1　豐陳寶，豐一吟編：《豐子愷文集》（文學卷三），第418頁，浙江文藝出版社，浙江教育出版社，1992。

橋，過了橋就是蘇小小墓和鬱鬱葱葱的孤山。馬路向下再往東不遠就是招賢寺、湖濱。外公認識招賢寺裏的長老。

　　夏天，裏西湖一大片荷葉荷花，「接天蓮葉無窮碧」，一直連到孤山和白堤。外公曾畫過好幾幅西湖的荷花，《荷花嬌欲語》，出自李白的詩《淥水曲》：

　　　　淥水明秋月，南湖採白蘋。
　　　　荷花嬌欲語，愁殺蕩舟人。

　　我在這裏度過了童年時期一段愉快的日子。

曉出淨慈寺送林子方[①]

〔南宋〕楊萬里

畢竟西湖六月中，風光不與四時同。
接天蓮葉無窮碧，映日荷花別樣[②]紅。

註釋

① 淨慈寺：在西湖南岸，南宋時為著名寺院。林子方：楊
萬里好友，此次調任外職，楊萬里寫詩送別。

② 別樣：宋時俗語，特別，不一樣。

評述

　　西湖之美，不僅在於風景，更在於景致中的人物，它
是活潑潑的天然畫卷。南宋的大詩人楊萬里和豐子愷先生
一樣，都善於發現日常生活中「有趣的場景」，並用藝術家
的筆墨去描繪湖山聖境。楊萬里這首《曉出淨慈寺送林子
方》正是一首詩中的「速寫」詩。詩歌一上來就勾勒出時間
與空間：六月的杭州西湖，風光迥異四時。蓮葉接天，滿
眼望去，無邊無際的碧色；荷花盛放，在紅日的映襯下別
是一番鮮妍可愛。詩人就如同手持如椽巨筆，揮毫潑墨，
一任揮灑，荷花與蓮葉的強烈色彩對比便凝固在讀者的腦
海中。詩歌中的景致是高度印象化的，是經過藝術錘煉的
佳作，在景物描寫中也隱含着楊萬里對朋友林子方的依依
惜別之情。景增情語，情添景色。

外公的寫生本

　　當年我隨外公在杭州裏西湖靜江路 85 號住過多年，家後面就是寶石山保俶塔。從早春三月起，裏西湖就是一望無際的蓮葉；從初夏起，蓮葉中就是綴着一朵朵的粉紅色的蓮花，真個是「接天蓮葉無窮碧，映日荷花別樣紅」。外公的許多畫作取材自西湖風景人物，作畫之餘，他就帶全家包一艘「西湖船」遊湖，到湖心亭喝茶，到三潭印月欣賞四季不同的西湖風光，中午就在岳墳下船到著名的「樓外樓」用餐，「樓外樓」的匾額是外公題寫的。一進門堂倌就迎出來，到訂好的二樓臨湖包間，一道道菜早已訂好，其中必有西湖醋魚。

　　讀中學時候我向外公學畫，也從寫生學起。外公出門，常常帶着一本速寫本，這是一本白紙本，當時稱「拍紙本」。大小約為 A5 紙的一半，後面貼一張硬紙板，用細繩捆着一根 6B 的短鉛筆。外公告訴我：「用寥寥數筆畫下最初所得的主要印象，最為可貴。漫畫之道，是用省筆法來迅速描寫靈感，彷彿莫泊桑的短篇小說。」外公還說過：「作畫意在筆先。只要意到，筆不妨不到；非但筆不妨不到，有時筆到了反而累贅。」看到一個有趣的場景，外公立刻拿出速寫本，三筆五筆畫下來。有一次，我忽然見到一位女黃包車夫，拉着車和別的車夫說說笑笑。我立刻告訴外公，可惜外公出來時那女子已經不見了。外公仔細問了我女車夫的模樣，過了兩三天，一幅畫《黃包車妻》就登載在杭州的報上。這才是「寥寥數筆，就栩栩如生」、充

滿生活氣息的「子愷漫畫」。回家之後，這一完全生活化的《西湖歸車》又畫到扇面上。

這裏所謂「有趣的場景」，完全是藝術大師眼中的場景，普通人根本「看不到」。外公說：「記得有一次，我在院子裏閒步，偶然看見石灰脫落了的牆壁上的磚頭縫裏生出一枝小小的植物來，青青的莖彎彎地伸在空中，約有三四寸長，莖的頭上頂着兩瓣綠葉，鮮嫩裊娜，怪可愛的。我吃了一驚，同時如獲至寶。因為這美麗的形象含有豐富深刻的意義，正是我作畫的模特兒。用洋洋數萬言來歌頌天地好生之德，遠不及用寥寥數筆來畫出這枝小植物來得動人。我就有了一幅得意之作，畫題叫做『生機』。」

外公說他從青年時代起就愛畫畫，特別喜歡畫人物，畫的時候一定要寫生，寫生的大部分對象是杭州的人物。他常常帶了速寫簿到湖濱去坐茶館，一定要坐在靠窗的欄杆邊，這才可以看着馬路上的人物而寫生。湖山喜雨台最常去，因為樓低路廣，望到馬路上同平視差不多。茶樓上寫生的主要好處，就是被寫的人不得知，因而姿態很自然，可以入畫[1]。

高二那年外公又帶我去杭州遊西湖，看見生意盎然的湖濱，外公當時就畫了下來。不久，外公依據這幅速寫完成了彩色漫畫《人民的西湖》，在報刊上發表。我是幸福的，我親眼看到「用寥寥數筆描寫下來的靈感」，如何在藝術大師手中演變為一幅著名彩色漫畫的全過程，這真是一個無比生動的例子！

1　豐子愷：《杭州寫生》，見豐陳寶，豐一吟編：《豐子愷文集》（文學卷二），第523頁，浙江文藝出版社，浙江教育出版社，1992。

　　我曾經無數次想過，如果當年我高三畢業不去考北大物理系，而去考上海美院，一心一意向外公學畫，最後我的人生道路將完全不同。可惜人生只有一次選擇，沒有如果。

採桑子·平生為愛西湖好

〔北宋〕歐陽修

平生為愛西湖好，來擁朱輪^①，富貴浮雲，俯仰流年二十春。

歸來恰似遼東鶴^②，城郭人民^③，觸目皆新，誰識當年舊主人。

註 釋 ....

① 擁朱輪：古之太守，乘朱輪車，朱輪代指權力。此處指作者擔任知州。

② 遼東鶴：典出《搜神後記》：「丁令威，本遼東人，學道於靈虛山。後化鶴歸遼，集城門華表柱。時有少年，舉弓欲射之。鶴乃飛，徘徊空中而言曰：『有鳥有鳥丁令威，去家千年今始歸。城郭如故人民非，何不學仙塚壘壘。』遂高上沖天。今遼東諸丁云其先世有升仙者，但不知名字耳。」

③ 城郭人民：化用自《搜神後記》丁令威故事。

評 述 ....

　　在歐陽修的十首《採桑子》中，這首顯得有些特別。其特別之處，除了抒發情感更多一些外，還在於它突破讚

賞潁州西湖之好，歷經沉浮後，言語躍至更遼闊的生命感悟。「俯仰流年二十春」是指作者自潁州離任至退休歸潁，這段二十年的時光。二十年前曾知潁州，就發現潁州西湖的可愛，在這些美好面前，富貴也如過眼煙雲，轉瞬即逝。二十年間發生了甚麼事，詞裏並沒有多說一字。實際上，我們查考作者在這二十年中的經歷，幾經宦海沉浮，最後退隱潁州。再到潁州與初到潁州相比，更多了些達觀，有些以前看重的事情，如今看來，已無關緊要。下闋化用《搜神後記》丁令威修道化仙的典故，似乎是在寫遠追虛，卻又是在寫切近的自己，頗有物是人非之感。此番歸來，眼前城郭人民，一切如新。一句「誰識當年舊主人」，既道出時間飛逝之歎，又似乎在感慨，歷經沉浮的我，終不似舊我，連我都快不認識自己了，誰還認識我這位舊主人呢？

孔祥熙求畫記

　　母親說過，外公在世時，求畫者眾多，親友、鄰居、同事、學生……但更多的還是廣大讀者。外公繪畫總是一絲不苟，連蓋圖章的位置也要考慮再三，力求得體。人們常說外公雖是名畫家，但平易近人，有求必應，毫無名人的派頭。

　　有一次外公去探望病人[1]，發現有兩個「鬢影」在紗窗外隱約出現，伴着女孩子吃吃的笑聲。進來的是兩個護士，黑的長髮，白的長衣，一位臉孔像海棠，一位臉孔像蓮花，眉眼像梅蘭芳。她們笑着說：「你是子愷先生，給我們描張畫！」「你們怎樣知道我是？」「噯，我們知道的。我們常在雜誌裏看見你的畫。你給我們各描一個像，好不好？」大家笑了，病人也笑。外公說：「好的，不過我描的像是不像的呢！沒有眉目，有時連嘴巴都沒有。」沒有說完，她們就轉身去拿紙筆，笑聲跟着她們遠去。不久她們拿了一支鉛筆和兩張紙來。笑聲又充滿了病室中。外公說：「先畫的來！你站着。不是拍照，稍微動動不要緊的。笑笑也不要緊的！」大家笑起來。外公就在笑聲中給海棠花臉孔的女孩描 sketch（速寫）。她把一雙手巧妙地組合在胸前，襯着雪白的衣服，色彩很好，可惜外公的一支鉛筆描不出來，只能描些線條。「好了！」「這麼快？」大家看了，笑個不休。外公攔住了笑，說：「這回你來！」那蓮花臉的護士

1　豐子愷：《訪療養院記》，見豐陳寶，豐一吟編：《豐子愷文集》（文學卷一），第 506 頁，浙江文藝出版社，浙江教育出版社，1992。

把右手插在白長衣的小袋裏，姿勢也很自然。她的態度很認真，最初凝神佇立，一笑也不笑。這便引得大家發笑，她自己也笑了。外公又在笑聲中描了一個 sketch。「好了，好了，給你們簽字。TK（外公的筆名），老牌商標！」大家又笑起來，病人笑得臉孔上泛紅色，同健康人一樣。兩個看護小姐各拿了自己的畫像，一邊謝，一邊笑，一邊去了。

　　我讀高中時，同學們知道我是大畫家豐子愷的外孫，有時也求外公的畫，外公有求必應。記得有一次我們班級在一次重要的足球賽中獲得2：1的成績，守門員陸國雄接住了學校一位著名球星尤孝榮的一個直接任意球立了大功。賽後陸國雄鼓起勇氣向我求外公的摺扇，我到外公家講完足球賽的故事，想不到外公立刻為他畫了一個摺扇，一面是畫，另一面是書法，令陸國雄驚喜萬分。讀北大期間我在京劇隊拉京二胡，拉京胡的丁登山也求畫，外公知道後立刻畫了給他，還送他書法，好像是毛主席的詩《七律·人民解放軍佔領南京》，大概因為丁登山是南京人吧。後來丁登山寫過一篇文章在報上發表：《豐子愷先生為不認識的青年作畫》。

　　其實外公並不是一概有求必應的[2]。記得我家住在杭州時，當時的國民政府行政院長孔祥熙為了給自己祝壽，想請外公給他繪一套十二幅《西湖四季景色圖》，並表示願出高價……外公不假思索，斷然謝絕。孔不死心，又託杭州市長周象賢上門代為求畫，周象賢是外公的好朋友。外公淡淡一笑：「富貴浮雲，俯仰流年五十春。」正是歐陽修的

2　豐宛音：《世上如儂有幾人：豐子愷逸事》，第88頁，中國青年出版社，2016。

《採桑子》，當年外公五十來歲。父親告訴我，當時杭州的
報紙立刻登出新聞：《孔祥熙屈尊求畫，豐子愷不給面子》。

清明

〔北宋〕黃庭堅

佳節清明桃李笑^①，野田荒塚只生愁。
雷驚天地龍蛇蟄^②，雨足郊原草木柔。
人乞祭餘驕妾婦^③，士甘焚死不封侯^④。
賢愚千載知誰是，滿眼蓬蒿^⑤共一丘。

註釋

① 桃李笑：指桃和李都開花了，隱喻景色的明快氣氛。

② 蟄：原指動物冬眠不吃不喝，此處借指驚雷將動物嚇住。

③ 人乞祭餘：典故出自《孟子・離婁下》。齊國有一個人，乞討人家祭祀時剩下的食物，回家卻向妻子和妾炫耀自己受到富人們的禮遇和款待。

④ 士甘焚死：典故說的是春秋時晉文公流亡十九年登上君位，功臣介子推堅決不肯受賞，晉文公希望用火燒的方式逼迫他出山，卻沒想到介子推燒死在綿山上。

⑤ 蓬蒿：常常長在墳墓上的雜草。

評述

黃庭堅，字魯直，號山谷道人、涪翁，洪州分寧人，北宋著名文學家、書法家，江西詩派開山之祖。

　　這首詩開篇以樂景寫哀情：清明時節桃李花開，本是一派欣欣向榮，而野外的荒墳古塚之間卻只有悲哀。清明正是雷雨初到、龍蛇震動、雨水豐沛、草木柔潤的三春好景，這令人遙想古人：頸聯提到了乞食墳墓的齊人和寧可焚死綿山也拒不出仕的介子推。這兩個人的賢能抑或愚昧有誰能夠說得清呢？如今，他們都掩埋在累累黃土之下。滿眼蓬蒿生長在丘墟之上，徒令人心生感慨。這首詩最大的特色是使用對比手法：首聯樂景寫哀情，頷聯動物蟄伏反襯草木生長，頸聯用齊人之無恥反襯介子推之賢能，最後在尾聯中得出結論：賢愚難辨，都付予黃土青山。感慨深沉而永恆。

佳節清明桃李笑，野田荒塚只生愁。雷驚天地龍蛇蟄，雨足郊原草木柔。人乞祭餘驕妾婦，士甘焚死不封侯。賢愚千載知誰是，滿眼蓬蒿共一丘。

南北山頭多墓田，清明祭掃各紛然。紙灰化作白蝴蝶，血淚染成紅杜鵑。日落狐狸眠塚上，夜歸兒女笑燈前。人生有酒須當醉，一滴何曾到九泉。

鴉啼鵲噪昏喬木，清明寒食誰家哭。風吹曠野紙錢飛，古墓纍纍春草綠。棠梨花映白楊樹，盡是死生離別處。冥冥重泉哭不聞，蕭蕭暮雨人歸去。

壬子清明日書

外婆太太的墳被盜了

　　「外婆太太」是外婆家的一位長輩。母親說，外婆徐家是崇德當地的大戶，很有錢。外婆太太在世時對後輩子孫都非常慈祥，所以子女們都非常孝敬她。外婆太太去世時，喪事辦得很隆重，陪葬品很珍貴。下殮時周圍都是親戚和鄰居，還有遠近來看熱鬧的人。母親說當時就看到有不認識的人指指點點。

　　下葬後不久，就聽說外婆太太的墓被盜，陪葬的金銀首飾都不見了。家裏不得不重新葬了一回，僱人守墓多日。講到這裏母親還是感歎：解放後提倡火葬最好了。

　　外公給我們講過《東周列國志》，「士甘焚死不封侯」講的是「介子推守焚綿上」的故事。春秋時介子推跟隨公子重耳流亡，後來公子重耳事業成功，成為春秋五霸之一的晉文公，大封羣臣，介子推本來應當封高官，但不知因為甚麼忘了對他的封賞。介子推也不去爭，和母親到風景優美的綿山去隱居。等晉文公想起來後，親自到綿山去尋找介子推，只見峯巒疊疊、草樹萋萋、流水潺潺、行雲片片、林鳥羣噪、山谷應聲，竟不得子推蹤跡。正是：「只在此山中，雲深不知處。」

　　有人給晉文公出主意，讓他燒山，介子推一定出來，再封賞他不遲。想不到燒山後發現介子推「子母相抱，死於枯柳之下」。

　　外公給我講過「孟子」裏的「齊人一妻一妾」的故事，齊人窮困潦倒，還要在妻妾面前裝有錢，到墓地去偷供品，回來告訴妻妾在朋友家裏吃大餐，這就是「人乞祭餘

驕妾婦」的出處。

　　母親教我讀完黃庭堅、高翥和白居易的三首清明詩，她非常感慨，說還是《紅樓夢》第一回《好了歌》說得好：「世人都曉神仙好，惟有功名忘不了！古今將相在何方，荒塚一堆草沒了。」這才是「賢愚千載知誰是，滿眼蓬蒿共一丘。」

清明

〔南宋〕高　翥

南北山頭多墓田，清明祭掃各紛然。[①]

紙灰飛作白蝴蝶，淚血染成紅杜鵑。

日暮狐狸眠塚上，夜歸兒女笑燈前。

人生有酒須當醉，一滴何曾到九泉。[②]

註釋

① 紛然：眾多繁雜的樣子。

② 九泉：陰間，死人所居之地。

評述

　　高翥（zhù），字九萬，號菊礀，浙江餘姚人。南宋布衣詩人，江南詩派重要人物。他的這首《清明》滿懷着對人世間生死的出離態度來落筆：南山北山到處是墓田，清明時節祭掃的人們紛繁眾多。飄灑的紙錢紛紛揚揚，化作朵朵白蝴蝶；親人哭出的血淚染紅了杜鵑花。黃昏以後，只有狐狸棲息在墳塋之上，而白日祭掃的眾人都在夜晚回到家中在燈前歡笑。這才是世間的本相，所以人生在世，有酒就應該喝醉，不信大家看看，黃泉之下的陰間，哪裏曾有一滴酒到達那裏。整首詩藝術化地表達出從古詩十九首以來的一個詩歌主題：世間美好的事物總是稍縱即逝，行樂須及時。

誰家寒食歸寧女
笑撲柔桑陌上來

哭喪婆

母親告訴我，婚喪嫁娶在老家是一件大事。老人去世，全家老小都要送葬。哭得必須傷心。怕有家人特別是不懂事的孩子把送葬當作「出遊」，會特別僱一兩位「哭喪婆」，她們收錢後專門替人哭。我母親說哭喪婆哭得死去活來，在地上打滾，把全家老小招得都哭起來，有的小小孩是嚇哭的，一直到下葬完了，回來路上哭喪婆還得再哭一回，回到家才算完事。清明祭掃時，為了增添悲傷的氣氛，有錢人家也僱哭喪婆，招得全家老小跟着再傷心地哭一回。

「日暮狐狸眠塚上，夜歸兒女笑燈前」，晚上回家後這頓飯照例非常豐富，先灑酒，請已去世的先祖先宗們吃，然後大家吃。孩子們這時早已忘掉了祭掃的悲傷，有說有笑地吃這頓難得的大餐。等祭掃的人一離開，墳地就是野狗狐狸的天下，牠們來吃祭品，哪裏還有甚麼尊嚴？

母親長歎了口氣，說老人父母在的時候孝順一點，在外面工作讀書的孩子常常回家看看父母，比甚麼都強。

還記得 1960 年我考上北京大學物理系，這在全校、全家、全里弄是大事。當時上海的學生能夠到首都上大學是無上光榮的。我們復興中學是上海市重點中學，高三一共六個畢業班，考上北大七人，考上北大「大物理系（物理、技術物理、地球物理、無線電系）」一共五人，最後分到物理系只有兩人。記得高三（1）班共有五位同學考北大物理，他們都是學習尖子，數理化考得全對，可惜一位考上的都沒有。那個年代，除了成績，還有「政治條件」。

　　我考上北大物理系，全家都高興，唯獨母親「喜極而泣」，快到我離開上海去北京報到的那幾天，母親每天幫我整理行李，卻愁眉不展。我問她為甚麼，她說：「古人云，父母在，不遠遊。你這一走，我就彷彿沒有你這個兒子了。」到車站送行那天，老師和全班同學都到上海北火車站送我，母親由我大弟陪去，她哭得泣不成聲。同學老師都勸她，說你兒子有出息，應當高興才對呀！我心裏有一種說不出來的感覺，對母親說以後每逢寒暑假一定回家，將來回上海工作。一直到列車徐徐開動，看着母親漸漸模糊的身影，才勉勵自己「好男兒志在四方」。

　　北大物理系功課太重，同學們幾乎都是各省市高考狀元。一年級放假我還回家，到二年級趙凱華先生講物理光學，放假我就在學校複習做題不回家。三年級後四大力學數理方法一齊壓上來，我連續幾個假期不回家。畢業後留北京工作，只有結婚和出差回家。每次回到家裏，母親就拉着我的手細細地看我，不讓我離開她。北京上海距離並不遠，交通方便。2006年春節前我們公司正在開宴會，弟妹來電話：「大哥，媽快不行了！」我讓祕書訂了最近的一趟班機回上海，母親已經去世。一年後，也未能見到父親的最後一面。

　　先賢把人生的悲歡離合都看透了：「日暮狐狸眠塚上，夜歸兒女笑燈前。人生有酒須當醉，一滴何曾到九泉。」

　　人走了就甚麼都不知道了。我想，我是一個不孝之子，陪伴父母的時間太少！做子女的，父母在世常常回去看看、陪伴父母就是大孝！

玉樓春·烏啼鵲噪昏喬木①

〔北宋〕蘇　軾

烏啼鵲噪昏喬木②，清明寒食誰家哭。風吹曠
野紙錢飛，古墓壘壘春草綠。

棠梨花③映白楊樹，盡是死生別離處。冥冥重
泉④哭不聞，蕭蕭暮雨人歸去。

註釋 ......

① 原作前有小序，「與郭生遊寒溪，主簿吳亮置酒，郭生喜
作輓歌，酒酣發聲，坐為淒然。郭生言吾恨無佳詞。因
為略改樂天《寒食》詩歌之，坐客有泣者，其詞曰」，云
云。《花草粹編》認為這是首詞，詞牌為《玉樓春》（或稱
《木蘭花令》）。

② 昏：使動用法，烏鴉鵲鳥嘈雜鳴叫，站滿枝頭，使得喬
木都昏暗了。

③ 棠梨：俗稱野梨，樹似梨而小，清明前後開出朵朵小白
花，正襯托慎終追遠之意。

④ 重泉：即九泉，死者所居之地。

評述

　　蘇軾在黃州期間，為好友郭生寫了這首詩。作者修改了白居易的《寒食野望吟》的頭兩句。白居易原詩的開篇是這樣的：「丘墟郭門外，寒食誰家哭。」蘇軾並沒有太多改變白詩的意境，只不過將原詩中描述性的郭門外改寫成了鴉鵲嘈雜的喬木叢，為清明景象更添了一份悲涼。三四句寫曠野之中的風吹起紙錢亂舞，壘壘墳塚上都是返青的雜草。五六句將視線拓展到周圍的景物：野梨花映帶着白楊樹，烘托出一片肅殺氣氛。最後兩句則更令人悲傷：身在黃泉的死者卻並不能聽到人世間的哭聲，祭掃的人傾訴感情之後，伴着瀟瀟暮雨，緩緩離去。

清明寒食誰家哭

　　清明例行掃墓。掃墓照理是悲哀的事。然而在外公年幼時，清明掃墓是一件無上的樂事。曾外公（外公的父親）寫了八首《掃墓竹枝詞》，其中有：

別卻春風又一年，梨花似雪柳如煙。家人預理上墳事，五日前頭摺紙錢。

風柔日麗豔陽天。老幼人人笑口開。三歲玉兒嬌小甚，也教抱上畫船來。

雙雙畫槳蕩輕波，一路春風笑語和。望見墳前堤岸上，松陰更比去年多。

壺榼紛陳拜跪忙，閒來坐憩樹陰涼。村姑三五來窺看，中有誰家新嫁娘。

紙灰揚起滿林風，杯酒空澆奠已終。卻覓兒童歸去也，紅裳遙在菜花中。

解將錦纜趁斜暉，水上蜻蜓逐隊飛。贏受一番春色足，野花載得滿船歸。

　　這裏的「三歲玉兒」，就是外公，他的小名叫做「慈玉」。
　　外公在《清明》一文中詳細而生動地記述了他童年時家裏過清明節的情景。清明三天，外公家每天都去上墳。第一天寒食，上「楊莊墳」。一路上採桃花，偷新蠶豆，不亦樂乎。到了墳上，借一隻桌子和兩隻條凳來，於是陳設祭品，依次跪拜。拜過之後，自由玩耍。有的吃甜麥塌餅，有的吃粽子，有的拔蠶豆梗來做笛子。蠶豆梗是方形的，

115

在上面摘幾個洞，作為笛孔。然後再摘一段豌豆梗來，裝在笛的一端，笛便做成。指按笛孔，口吹豌豆梗，發音竟也悠揚可聽。祭掃完畢，去還桌子凳子，照例送兩個甜麥塌餅和一串粽子，作為酬謝。然後諸人一同在夕陽中回去。

正清明那天，上「大家墳」，就是去上同族公共的祖墳。墳共有五六處，須用兩隻船，整整上一天。同族共有五家，輪流作主。白天上墳，晚上吃上墳酒。小孩子尤其高興，因為可以整天在鄉下遊玩，在草地上吃午飯。船裏燒出來的飯菜，滋味特別好。因為，據老人們說，家裏有灶君菩薩，把飯菜的好滋味先嚐了去，而船裏沒有灶君菩薩，所以船裏燒出來的飯菜滋味特別好。孩子們還有一件樂事，是搶雞蛋吃。每到一個墳上，除供祖宗的一桌祭品以外，必定還有一隻小匾，內設小魚、小肉、雞蛋、酒和香燭，是請地主吃的，叫做拜墳墓土地。孩子們中，誰先向墳墓土地叩頭，誰就先搶得雞蛋。外公說他難得搶到，覺得這雞蛋的確比平常的好吃。上了一天墳回來，晚上是吃上墳酒。酒有四五桌，因為出嫁姑娘也都來吃。

第三天上「私房墳」。外公家的私房墳，又稱為旗杆墳。去上的就是外公一家人、外公的父母和姐弟數人。吃了早中飯，僱一隻客船，慢吞吞地蕩去。水路五六里，不久就到。祭掃期間，附近三竺庵裏的和尚來問訊，送些春筍。大家也到這庵裏去玩，看見竹林很大，身入其中，不見天日。終年住在那市井塵囂中的低小狹窄的百年老屋裏，一朝來到鄉村田野，感覺異常新鮮，心情特別快適，好似遨遊五湖四海。因此外公姐弟們把清明掃墓當作無上的樂事。

外公在講到這首《玉樓春》時說：「烏啼鵲噪昏喬木，

清明寒食誰家哭。」又說：「佳節清明桃李笑，野田荒塚只
生愁。」但掃墓人們借佛遊春，孩子們卻是「借墓遊春」。

螃蟹詠（薛寶釵）①

〔清〕曹雪芹

桂靄②桐陰坐舉觴，長安涎口③盼重陽。
眼前道路無經緯，皮裏春秋④空黑黃。
酒未滌腥⑤還用菊，性防積冷定須薑。
於今落釜⑥成何益，月浦⑦空餘禾黍香。

註 釋

① 此詩出自《紅樓夢》第三十八回，小說人物薛寶釵所作的詩。

② 靄：雲氣，指桂花香氣。

③ 長安涎口：京師的那些饞嘴王孫們。

④ 皮裏春秋：皮裏，指殼裏，活蟹的殼內膏脂有黃、黑等顏色，詩人用「春秋」比喻顏色不同。「皮裏春秋」的典故出自《晉書‧褚裒傳》，講褚裒為人城府很深，表面不言，心存褒貶。

⑤ 滌腥：解除腥氣；蟹性寒，薑性熱，能驅寒。

⑥ 落釜：放在鍋子煮。

⑦ 月浦：月色籠罩的水濱，指蟹生長之地。

118

評述

　　這首詩出自《紅樓夢》，小說描寫薛寶釵幫助史湘雲設東道，邀請大觀園中眾姊妹持螯賞桂，分韻賦詩。這首詩是寶玉、黛玉、寶釵歌詠螃蟹詩作中的一首，被眾人譽為「食螃蟹絕唱」。詩歌表面的意思很簡單：描繪了金秋時節都城中的老饕們流涎三尺，盼望吃到汁肥膏滿的螃蟹。酒、菊和薑早就預備着來防備螃蟹給身體帶來的可能傷害。吃罷膏蟹，曾經的蟹田月浦只留下禾黍香氣。然而深層次卻句句寓意人事，諷刺了那些「道路無經緯」「皮裏春秋」的小人。按照小說人物的話是：「這些小題目，原要寓大意才算是大才，只是諷刺世人太毒了些。」「眼前道路」兩句是此詩的名句。世上的勢利小人時常缺乏遠見，看不清眼前道路，恣意胡為，胸中的那點算計也多是小聰明，到頭來機關算盡太聰明，反誤了卿卿性命。最後只是「落釜」成食，空餘笑柄。

中秋食蟹

外公當了居士後基本上不吃葷，我記得他只是每天早晨喝牛奶時加一個雞蛋。但有一項例外，就是外公愛吃蟹。中秋前後，陽澄湖的大閘蟹下來，晚飯時外公常常喝紹興酒、吃蟹。外公吃蟹吃得非常乾淨，母親說外公吃完的蟹殼重新拼起來，幾乎能拼出一隻完整的螃蟹。

我們常常和外公一起吃蟹。有一次大家稱讚《紅樓夢》中薛寶釵的《螃蟹詠》「眼前道路無經緯，皮裏春秋空黑黃」「酒未滌腥還用菊，性防積冷定須薑」，寫得「入木三分」。

林黛玉也有一首《螃蟹詩》：

> 鐵甲長戈死未忘，堆盤色相喜先嘗。
> 螯封嫩玉雙雙滿，殼凸紅脂塊塊香。
> 多肉更憐卿八足，助情誰勸我千觴。
> 對斯佳品酬佳節，桂拂清風菊帶霜。

和林黛玉的詩相比，覺得還是薛寶釵的詩更好些，正如《紅樓夢》所寫：「眾人看畢，都說這是食螃蟹絕唱，這些小題目，原要寓大意才算是大才，只是諷刺世人太毒了些。」母親說，《螃蟹詠》是一首文筆犀利、內涵尖刻的諷刺詩。「眼前道路無經緯，皮裏春秋空黑黃」所說的恰是那些不學無術、卻橫行霸道之輩。這首詩真不像是出於溫和、嫻靜的淑女之手。

曾外公（外公的父親）也喜歡吃蟹。曾外祖父豐鐄於1901年中舉，由於中舉後他的母親亡故，根據清朝的規

121

定，須先在家中「丁憂」三年才能封官。三年後辛亥革命科舉廢了，曾外祖父無所事事，每天吃酒、看書。他不吃牛、羊、豬肉，卻喜歡吃蟹。特別是中秋賞月時，老人想必是十分傷感：「年年歲歲望中秋，歲歲年年霧雨愁。涼月風光三夜好，老夫懷抱一生休。」

自七八月起直到冬天，曾外祖父平日的晚飯規定吃一隻蟹，一碗隔壁豆腐店裏買來的開鍋熱豆腐乾。八仙桌上一盞洋油燈，一把紫砂酒壺，一隻盛熱豆腐乾的碎瓷蓋碗，一把水煙筒，一本書，桌子角上一隻端坐的老貓。

外公又說，在他們老家，蟹就儲藏在天井角落裏的缸裏，經常總養着十來隻。到了七夕、七月半、中秋、重陽等節候上，缸裏的蟹就滿了，那時孩子們都有得吃。尤其是中秋那一天，興致更濃。在深黃昏，移桌子到隔壁白場上的月光下去吃。更深人靜，明月底下只有外公一家人，恰好圍成一桌，此外只有一個供差使的紅英坐在旁邊。大家談笑，看月亮。這才是：

> 中庭地白樹棲鴉，冷露無聲濕桂花。
> 今夜月明人盡望，不知秋思落誰家。
>
> （王建《十五夜望月寄杜郎中》）

外公描寫的曾外公喝酒吃蟹的場景，令我想起小時候在杭州裏西湖靜江路 85 號的情況，好像也是秋天，吃完晚飯我和小夥伴們到後山（葛嶺）去找「打火石」，這是一種極硬的白色石塊（應當是石英石），互相打擊可以打出火花。等我拿着打火石回來，看見外公一個人在客廳飯桌上吃蟹，一個白色的大貓蹲在桌邊上。這隻貓叫「白象」，已

在外公家很長時間，大家都喜歡。看見我拿了許多石頭回家，外公問我是不是打火石，我說「是」。外公就叫全家人都到客廳來，關了燈看我用打火石打出火星來。記得大舅正好從美國回家探親。第二天大舅給了小舅和我一些水晶石，他說是從地下挖出來的。

楓橋夜泊①

〔唐〕張 繼

月落烏啼霜滿天，江楓漁火對愁眠②。
姑蘇城外寒山寺③，夜半鐘聲到客船④。

註 釋

① 楓橋：在蘇州閶門外。

② 江楓：一說是吳淞江邊楓樹，一說指江邊橋和楓橋。

③ 姑蘇：指蘇州。

④ 寒山寺：始建於南朝梁，因寒山法師駐此而得名。另說
泛指四圍寒山與寺院。

評 述

　　張繼，字懿孫，湖北襄陽人，盛唐詩人。他的《楓橋
夜泊》堪稱唐詩中最膾炙人口的佳作。這首詩的創作背景
與張繼這個人的生平經歷我們不是很清楚，學界也有很多
猜想。一般認為該詩作於「安史之亂」以後張繼避亂江南途
中，也有認為是落第之作。歸根結底，大家討論的是張繼
究竟因何而「愁眠」。「對愁眠」三個字也是詩眼。詩人用落
月、烏啼、霜、江楓、漁火、鐘聲等意象連綴起來，以寒
山寺外客船為中心，營造了一幅秋冬寒意圖，以淒涼蕭索
的夜景烘托出詩人愁悶的心境。家國破碎也好，仕途受阻

也罷，一千三百年後都顯得不那麼重要。詩人為讀者留下了他的深秋無眠，枯對江楓漁火，臥聽寒山鐘聲的深切體驗。這種體驗與其說是個人的生命感懷，毋寧說是屬於全人類的普遍愁眠。

落第詩

　　1957 年我從復興初中畢業，順利考上復興高中。當
時復興中學已經是上海市第一批重點中學，記得那年錄取
比例不過是三比一。但還是有幾位初中同班同學雖學得不
錯，但沒有考上復興高中，他們中有和我一起演過話劇的
邱勵歐，還有徐非非、何亦嬋、傅漢民等。我有點惆悵，
就告訴了外公。外公聽了說其實三比一是一個很高的錄取
率，又說現在有許多民辦學校也不錯，這些同學將來的前
途未必比復興畢業生差。邱勵歐從復旦大學物理系畢業後
去了美國，聽說學術上很有成就，這是後話。

　　外公說，過去考上舉人稱「高中」，是全家、全村甚至
全城的大事。因為中舉的比例太低，許多有學問有能力的
書生落第。唐代詩人張繼落榜後，心情非常失落鬱悶，便
前往蘇州散心，投宿於寒山寺旁的客船，隨口吟出《楓橋
夜泊》，竟成了千古絕唱；唐朝著名詩人賈島也曾落第，卻
寫出了《題李凝幽居》的名句：

> 閒居少鄰並，草徑入荒園。
> 鳥宿池邊樹，僧敲月下門。
> 過橋分野色，移石動雲根。
> 暫去還來此，幽期不負言。

後人一說「推敲」便知賈島，但知他落第者不多；明代唐寅
也是落榜生，後來成了一位著名畫家。外公又在小黑板上
寫下了幾句「落第詩」：

127

也應有淚流知己，只覺無顏對俗人。

共說文章原有價，若論僥幸豈無人。

愁看童僕淒涼色，怕讀親友慰藉書。

親朋共悵登程日，鄉里先傳下第名。

後來我看袁枚的《隨園詩話》，讀到了這些「落第詩」。

外公的父親（曾外祖父）豐鐄字斛泉，是清朝光緒年間最後一科的舉人。他的中舉經歷頗具故事性[1]。外公家在浙江桐鄉石門灣，外公的祖父（我的太外祖父）開一爿豐同裕染坊，外公的祖母（太外祖母）讀書識字。曾外公廿六七歲時就參與大比，就是考舉人，三年一次，在杭州貢院中舉行。太祖母臨行叮囑他：「斛泉，到了杭州，勿再埋頭用功，先去玩玩西湖。胸襟開朗，文章自然生色。」太外婆一方面曠達，一方面非常好強。曾經對人說：「墳上不立旗杆，我是不去的。」那時定例：中了舉人，祖墳上可以立兩個旗杆。中了舉人，不但家族親戚都體面，連已死的祖宗也光榮。

每次考畢回家，在家靜候福音，過了中秋消息沉沉，便確定這次沒有考中，只得再在家裏飲酒、看書、進修三年，再去大比。這樣地過了三次，太外婆日漸年老，經常臥病。曾外公三十六歲那年考畢回家，中秋過後，正是發榜的時候，染店裏的管賬先生「麻子三大伯」在南高橋上站了一會，看見一隻快船駛來，鑼聲噹噹不絕。他就問：「誰中了？」船上人說：「豐鐄，豐鐄！」

1　豐子愷：《中舉人》，見豐陳寶，豐一吟編：《豐子愷文集》（文學卷二），第676頁，浙江文藝出版社，浙江教育出版社，1992。

　　麻子三大伯跑回來，闖進店裏，口中大喊：「斛泉中了！斛泉中了！」話音未落，報事船已經轉進後河，鑼聲敲到家裏來了，門外一片叫喊：「豐鎮接誥封！豐鎮接誥封！」一大羣人跟了進來。外公的祖母聞訊，也扶病起牀。於是在廳上向北設張桌子，點起香燭，等候新老爺來拜北闕。麻子三大伯跑到市裏，看見哪家有糕糰、粽子（「高中」的諧音）就「一擄」，也來不及給錢，拿回來招待客人，鄰居們樂得討好新科舉人。外公的父親戴了紅纓帽，穿了外套，向北三跪九叩，然後開誥封。報事人取出「金花」來，插在他頭上，又插在太祖母和曾祖母頭上。這金花是紙做的。據說皇帝發下的時候，是真金的，經過人手，換了銀花，再換了銅花，最後換了紙花。當時外公家裏擠滿了人，因為數十年來石門灣不曾出過舉人，所以這一次特別稀奇。外公年方四歲，由奶媽抱着，擠在人叢中看熱鬧。報單用紅紙寫道：「喜報貴府老爺豐鎮高中庚子辛丑恩政併科第八十七名舉人。」當時家就舉行「開賀」。房子狹窄，把灶頭拆掉，全部粉飾，掛燈，結綵。附近各縣知事、達官貴人，以及遠近親友都來賀喜，並送賀儀「高攀」，吃「跑馬桌」（即「流水桌」）。

　　想不到太外婆經過這番興奮，終於病勢日漸沉重起來。外公的父親連忙在祖墳上立旗杆。不多久，太外祖母病危了，彌留時問兒子：「墳上旗杆立好了嗎？」回答：「立好了。」太外婆含笑而逝。曾外公拿一疊紙照在她緊閉的眼前，含淚說道：「媽，我還沒有把文章給你看過。」其聲嗚咽，聞者下淚，這是曾外公考中舉人的文章，那時已不用八股文而用「策論」，題目是《漢宣帝信賞必罰，綜核名實論》和《唐太宗盟突厥於便橋，宋真宗盟契丹於澶州論》。

　　由於母親去世，報了「丁憂」，守靈三年不能做官。不久發生辛亥革命，曾外公於四十二歲去世，終於未能當上進士。

　　我考上北大後，有一次隨我的二舅豐元草（人民音樂出版社高級編輯）到國子監參觀，二舅告訴我，原來國子監內有一塊石碑上銘刻着清朝歷代舉人的名字，豐鐄也名列其中，歷經戰亂和政治變遷，這塊碑刻不知是否還在。

贈貓詩二首

〔南宋〕陸　遊

其一

裹鹽迎得小狸奴[①]，盡護山房萬卷書。

慚愧家貧策勳薄[②]，寒無氈[③]坐食無魚[④]。

其二

執鼠無功元不劾[⑤]，一簞[⑥]魚飯以時來。

看君終日常安臥，何事紛紛去又回？

註 釋

① 狸奴：貓。宋代吳人習俗，養貓如納妾，用鹽作聘禮給母貓主人以表鄭重。吳音讀鹽為緣，因而下聘用鹽，以示有緣。

② 策勳：紀功於功勞簿。

③ 寒無氈：杜甫詩有「坐官寒無氈」之句，頌鄭虔居官清廉。

④ 食無魚：戰國時齊國馮諼客孟嘗君，歌曰：「長鋏歸來乎，食無魚。」

⑤ 劾：彈劾。

⑥ 簞：盛飯的器皿。

評 述

　　貓與人類相伴幾千年，和諧共處，催生了如陸遊、豐子愷這樣的名士「貓奴」，傳為佳話。陸遊寫過數首《贈貓詩》，這是其中的兩首。說來巧合，陸遊詩中的小狸奴與豐子愷先生家的白象一樣，都是晚年才到他們家的。南宋淳熙十年（1183），陸遊五十九歲家居，以鹽作為「聘禮」，領回了這隻可愛的狸奴。狸奴在陸遊家中擔負起了看護書卷、防範鼠患的重任，盡職盡責，使得詩人慚愧自己的功勞簿太輕了，家貧無氈又無魚，無法給貓很好的溫飽。但日子一長，養的貓多了，也就有不盡職盡責的了。在嘉定二年（1209）陸遊臨終前不久寫下的《贈貓詩》中，他就譴責了他當時養的貓只知吃魚、不知捕鼠的行為，可能隱含着對當時當權者尸位素餐，不知恢復中原的諷刺與撻伐。可以說，陸遊與貓的感情深摯而真誠，貫穿他大半閒居在家的晚年生活。

外公家的大貓 —— 白象

記得那年我看《七俠五義》，大宋皇帝封南俠展昭為「御貓」，我問外公古人是否有講貓的詩詞。外公說了幾首，其中就有陸遊的兩首《贈貓詩》，這令我想起外公家的那隻大貓 ——「白象」。

白象原是我家的愛貓，是從鄰居段老太太家要過來的。

抗戰初兵荒馬亂，段老太太居然帶了白象逃難到大後方。勝利後，又帶了牠復員到上海。我記得好像段老太太要外出一段時間，就把白象和牠的獨子小白象寄交我家，成了我們的愛貓。外公到上海，父母知道外公愛貓，又把白象給了外公，外公坐火車「西湖號」把牠帶回杭州[1]，變成了外公家的愛貓。

白象真是可愛的貓！不但為了牠渾身雪白，偉大如象，又為了牠的眼睛一黃一藍，叫做「日月眼」，又稱「陰陽眼」。牠從太陽光裏走來的時候，瞳孔細得幾乎沒有，兩眼竟像話劇舞台上所裝置的兩隻光色不同的電燈，見者無不驚奇讚歎。收電燈費的人看見了牠，幾乎忘記拿鈔票；查戶口的警察看見了牠，也暫時不查了。

白象到外公家後，段老太太已遷居他處，但常常來我家訪問小白象，目的是探問白象的近況。

當時大姨在浙大教書，二姨在浙大附中教書，小姨在裏西湖對面孤山腳下的杭州藝專讀書，她們回家一坐倒，

1　當時從上海到杭州的鐵路有一趟兩節的豪華內燃列車，稱「西湖號」。到南京的稱「金陵號」。

白象就跳到她們的膝上、肩上，老實不客氣地蹲着，甚至睡了。她們不忍拒絕，就坐着不動，向人要茶，要水，要換鞋，要報看。有時工人不在身邊，外婆就當聽差，送茶，送水，送鞋，送報。

白象也是我的寵物，晚上常常睡在我身邊。白天我坐在台階上看過往的汽車黃包車，白象就過來偎依在我身邊，讓我撫摸牠的長毛，牠眼睛瞇成一條線，嘴裏發出呼嚕呼嚕的聲音。大孩子一過來，白象立刻起身躍下台階，幾個矯捷的孩子都捉不住牠。

白象儼然是靜江路的明星，周圍鄰居、孩子們和湖邊警察局的警員們都認識牠。有時躥上警察局的房子，一轉眼上了我家後門的大樹，又從高牆上蹦下來。每天牠在馬路上車流中穿來竄去，如入無人之境。

有一次白象到招賢寺，正好寺裏在做甚麼佛事，白象和寺裏的一隻貓追逐嬉戲，突然蹦到供桌上，把一個盤子打翻掉在地下碎成幾片，供品也撒了一地。幾個和尚抄起棍子，一面罵，一面追打白象，寺裏那隻貓卻蹲在一邊看熱鬧。只見白象一縱身上了招賢寺的牆。這時老和尚慢慢出來，雙手合十，喃喃地唸着甚麼。不知他是不是在唸：

「阿彌陀佛，跳出三界外，不在五行中！」

孩子們都笑着起哄，平時我們來寺裏玩耍、打李子，常常被和尚們追打。

有一天，白象不見了，遍尋不得，正在擔憂，牠偕同一隻斑花貓悄悄地回來了，大家驚喜。女工秀英說，這是招賢寺裏的雄貓，說過笑起來。原來牠是到和尚寺裏去找戀人去了，害得外公全家急死。

約摸兩三個月之後，白象一胎五子，生了三隻雪白的、兩隻斑花的，大家稱慶。小貓日長夜大，兩星期之

後，都會爬動。不料有一天，一隻小花貓死了。小舅豐新枚哭了一場，拿一條美麗牌香煙的匣子，當作棺材，給牠成殮，葬在西湖邊的草地中。餘下的四隻，就特別愛惜。當時外公家全家愛貓，就把四隻小貓分領，各認一隻。大姨領了花貓，二姨、小姨、小舅各領一隻白貓。

有一天，白象不回來吃中飯。「難道又到和尚寺裏去找戀人了？」大家疑問。等到天黑，終於不回來。秀英當夜到寺裏去尋，不見。明天，又不回來。問題嚴重起來，外公居然就寫兩張海報：「尋貓：敝處走失日月眼大白貓一隻。如有仁人君子覓得送還，奉酬法幣十萬元。儲款以待，決不食言。xx 路 xx 號謹啟。」過了兩天，有鄰人來言：「前幾天看見一大白貓死在地藏庵與復性書院之間的水沼裏。」鄰家的孩子曾經看見一隻大白貓死在水沼裏的大柳樹根上。孩子不會說謊，此說大約可靠。聽說貓不肯死在家裏，自知臨命終了，必遠行至無人處，然後辭世。外公頗讚美這「貓性」有壯士風，不願死戶牖下兒女之手中，而情願戰死沙場，馬革裹屍。這又有高士風，不願病死在牀上，而情願遁跡深山，不知所終。

白象失蹤時我們正在上海，第二天，我和母親就從上海來杭，一到先問白象。驟聞噩耗，驚惶失色。因為母親是受了段老太太之託，此番來杭將把白象帶回上海，重歸舊主的。相差一天，天緣何慳！所幸牠還有三個遺孤，雖非日月眼，而壯健活潑，足以承繼血統。為防損失，外公特把一匹小花貓寄交好友家。其餘兩匹小白貓，常在外公的身邊。每逢外公架起了腳看報或吃酒的時候，牠們爬到外公的兩隻腳上，一高一低，一動一靜，別人看見了都要笑。外公倒已經習以為常，似覺一坐下來，腳上天生成有兩隻小貓的。

137

七絕・賞阿里山[①]風景照

〔近代〕豐子愷

雲海晨曦日出東，飛煙[②]細逐入蒼穹。
玉山[③]頂上高凝眺，阿里風情醉客中。

註 釋 ∙∙

① 阿里山：位於我國台灣省的嘉義縣，著名風景名勝。

② 飛煙：阿里山地處亞熱帶，山間水汽充沛，常有雲海，
　　煙雲飛騰。

③ 玉山：位於我國台灣省中部，海拔 3952 米，是中國東部
　　地區最高峯。

評 述 ∙∙

　　祖國寶島台灣風光秀美，四季宜人。二十世紀四十年
代豐子愷先生曾應邀到台灣島做客，與當地文化界人士廣
泛交流，在電台講《中國藝術》，可稱抗戰勝利後台灣文化
界的一件盛事。由於親自登臨阿里山，觀看雲海日出，了
解高山族人民的生活，豐子愷先生的這首《七絕》寫得情感
充沛，給人身臨其境之感：蒼茫雲海籠罩在羣山之間，一
抹晨曦忽然越出東方，飛煙輕盈地直入蒼穹。詩人站立在
中國東南第一高峯的玉山之巔凝望四野，雄渾遼闊的自然
風物給人以視聽的衝擊。更為迷人的是阿里山中少數民族

人民的淳樸民風與熱情款待。詩人陶醉於大好河山之間，流連徜徉。再回看詩題「賞阿里山風景照」，原來這首詩並不是遊歷台灣時候所作，而是回到大陸之後偶然翻看照片的回憶詩篇。

莫言千頃白雲好，下有人間萬斛愁

2011 年我在大恆集團工作時，難得抽出空來，和妻子王麗君、大學同學盧遷、梅婭同遊台灣，到阿里山觀雲海，到日月潭賞湖光山色，想起當年外公和小姨遊台灣的往事。

1948 年，開明書店老板章雪琛邀請外公和小姨豐一吟赴台灣看看寶島，並參觀開明書店台灣分店。當時大陸政治日漸腐敗，民不聊生，外公也曾萌生到台灣安家的念頭。外公一行先到阿里山觀雲海，在阿里山訪問了高山族，跟二公主合影。後來外公畫了一幅著名的畫《莫言千頃白雲好，下有人間萬斛愁 —— 戰時登阿里山觀雲海》，當時正值解放戰爭時期，外公不是政治家，儘管抗戰時期外公曾用他那「五寸不爛之筆」討伐日寇，但對國內政治卻完全不了解，一度萌生了到台灣安家的念頭。

在台灣，有兩件事讓外公感覺不爽：在飯店裏，女招待只講閩南話，聽不懂普通話。後來外公靈機一動講日語，女招待竟對答如流，想不到在自己國家的土地上，竟然要借日語來交流！

此外，這裏買不到紹興黃酒。外公一生，詩和酒這兩件事一天也離不開，這酒還必須是紹興酒，但在台灣沒有紹興酒，只有米酒和「紅露酒」，外公喝不慣！錢歌川先生來台灣時帶了一罈紹興酒，聽說此事立刻把紹興酒送來；外公的學生胡治均聽說後專門託朋友從上海送去兩罈「太雕」黃酒，外公大喜過望，在開明書店舉辦「紹酒宴」，讓江南過來的朋友大過其癮。

外公在台灣盤桓了五十餘天，應邀在台北電台講了一次「中國藝術」，在中山堂辦了一次畫展後，決定不在台灣定居，回到廈門。不久又回上海，迎接上海解放[1]。

外公的畫《莫言千頃白雲好，下有人間萬斛愁》畫得非常好，大家都欣賞，只是後面「戰時登阿里山觀雲海」在政治上有「立場不明確」之嫌，可能為了避免麻煩，外公就把畫題改為《白雲千頃，峯巒秀美。此去人間，知是幾里》，意境更加高遠。小姨家的客廳，就掛着她畫的這幅「仿豐畫」。

1　豐一吟：《爸爸豐子愷》，第 244 頁，中國青年出版社，2014。

三

日月樓中日月長

滿庭芳·促織兒

〔南宋〕張功甫

月洗高梧，露溥^①幽草，寶釵樓外秋深。土花沿翠，螢火墜牆陰。靜聽寒聲斷續，微韻轉、淒咽悲沉。爭求侶，殷勤勸織，促破曉機心。

兒時曾記得，呼燈灌穴，斂^②步隨音。滿身花影，猶自追尋。攜向畫堂戲鬥，亭臺小、籠巧妝金。今休說，從渠牀下，涼夜伴孤吟。

註釋

① 溥（tuán）：露水盛多。

② 斂：收攏，放緩。

評述

　　張功甫（1153-1212），名鎡，字功甫，一字時可，號約齋，南宋臨安（今浙江杭州）人。南宋抗金名將張俊曾孫，官至奉議郎、直祕閣。詩文俱擅，與尤袤、楊萬里、姜夔交好。著有《南湖集》等。楊萬里《誠齋詩話》評其詩「寫物之工，絕似晚唐」。上闋以深秋樓外，皎潔月光、夜

晚濃露摹狀時地遠景，又因蟋蟀在寒夜的淒咽悲沉聲響，將鏡頭從遠處拉過來，靠近牆根，有那麼星點幾隻螢火蟲，時飛時住。牠們似乎是在為求伴侶而鳴，又像是在殷勤地勸說織布，念念叨叨，直到破曉。下闋聞聲感物，勾起舊時記憶，提着燈籠躡手躡腳，隨那聲音而去，端水向蟋蟀的洞穴灌下。任憑花影滿身搖曳，仍沉醉其中，暗自指追尋。抓那麼三兩隻，拿到畫堂裏去鬥，亭台小巧，蛐蛐籠裝扮精美。而今休說，涼爽的夜晚在牀下孤寂相伴低吟。作者不但能詩，這首詞寫物之工，也讓人欽羨，遠近景致，感物情緒，收放自如。墜、促、呼、斂、攜等字，摹狀動作，惟妙惟肖。

捉蟋蟀

我上小學時，平時作業不多。那時我住在上海「新樂村」，上海人稱「弄堂」。一到秋天，牆縫裏、草坪中就會傳來蟋蟀的鳴叫聲，晚上鄰居小夥伴們常常一起抓蟋蟀。

張功甫的《滿庭芳》寫得非常傳神：「兒時曾記得，呼燈灌穴，斂步隨音。滿身花影，猶自追尋。」我們先聽到蟋蟀的叫聲，點着蠟燭或拿手電筒，輕輕地一步步趨近，「斂步隨音」，如果是月夜，身上總會留下月季花、牽牛花的花影。蟋蟀身上大約有紅外線或別的甚麼傳感器，人一走近就不叫了，於是就耐心等待，一直到找到蟋蟀的準確位置。如果蟋蟀藏在牆縫裏就用水灌；如果藏在草叢中就用「蟋蟀網」或用手抓捕，抓到後放在「蟋蟀罐」裏。孩子們用抓到的蟋蟀互相鬥，弄堂裏哪個孩子抓到好的蟋蟀，算是一件大事。聽弄堂裏的哥哥們說，一等好的蟋蟀平時立在蛇頭上，就叫「蛇蟋蟀」；二等的立在蜈蚣的頭上，叫「蜈蚣蟋蟀」；三等的立在雞的頭上，叫「雞蟋蟀」。品相好（所謂「全鬚全尾」）、又善鬥的蟋蟀價格不菲。

弄堂裏的小朋友們還有個規矩：哪位孩子第一次聽到某處一隻蟋蟀鳴叫，他立刻向大家宣佈，如果沒有爭議，他就有先抓的權利。如果他抓不到，別的小朋友才可以去抓。

有一年我一直沒有抓到好的蟋蟀，向母親要了二角錢到蟋蟀店裏去買了一個好的。賣家說：「格隻小蟲賣相勿大好，鬥起來蠻結棍。」（上海方言：這隻小蟲品相不大好，鬥起來很厲害。）

　　回家後和小夥伴們鬥蟋蟀，果然「打遍天下無敵手」。有個小哥哥有隻「紅頭大王」，原來在弄堂裏稱霸。聽說我有好的蟲子，就拿來和我的蟋蟀鬥了好多回合，最後我的蟋蟀用牙咬着「紅頭大王」把牠摔出蟋蟀罐，周圍的小夥伴們都歡呼起來。那個紅頭大王從此不「開牙」，不再鬥。好的蟋蟀鬥敗一次就從此不開牙，差的蟋蟀鬥敗了緩幾天還會開牙。

　　這是我兒時得到的最好的蟋蟀。入冬後我把蟋蟀罐放在火爐邊上，希望牠能過冬，但最後還是死了，我難過了好幾天。

　　有一次我和母親一起去外公家，我向外公講起蟋蟀的故事，外公說他小時候也和小夥伴們玩蟋蟀：「有時做夢跟鄰家的小朋友去捉蟋蟀，次日就去問他討蟋蟀來看。」外公說，古人常以蟋蟀為題寫詩詞，他給我講了張功甫的《滿庭芳》，又給我講張功甫和著名詞客姜夔的軼事。在《白石道人歌曲》中，姜白石寫道：「丙辰歲，與張功甫會飲張達可之堂，聞屋壁間，蟋蟀有聲。功甫約余同賦，以授歌者。功甫先成，詞甚美，予裴回末利間，仰見秋月，頓起幽思，尋亦得此。蟋蟀，中都呼為促織，善鬥。好事者或以二三十萬錢致一枚，鏤象齒為鏤觀以貯之。」外公同時教我姜夔的詞《齊天樂·蟋蟀》：

　　庾郎先自吟愁賦，淒淒更聞私語。露濕銅鋪，苔侵石井，都是曾聽伊處。哀音似訴，正思婦無眠，起尋機杼。曲曲屏山，夜涼獨自甚情緒。

西窗又吹暗雨，為誰頻斷續，相和砧杵。候館迎秋，離宮弔月，別有傷心無數。幽詩漫與，笑籬落呼燈，世間兒女，寫入琴絲，一聲聲最苦。

母親說，姜夔這首詞講到蟋蟀的話語並不多，主要寫聽蟋蟀叫的思婦，最後三句由蟋蟀寫到小兒女之樂，反襯出思婦之苦。

大詩人陸遊曾在驛站看到一首題在牆壁上的詩：

玉階蟋蟀鬧清夜，今井梧桐辭故枝。
一枕淒涼眠不得，呼燈起作感秋詩。

一打聽是驛卒的女兒寫的，寫得太過動情，據說陸遊娶此女為妾。母親還說早在《詩經》中就有「七月在野，八月在宇，九月在戶，十月蟋蟀入我牀下」的詩句。外公說起宋朝徽、欽二帝都愛蟋蟀，山東的蟋蟀好，不少地方官員以蟋蟀進貢。後來連館娃宮女都喜歡蟋蟀，「梳綠鬢，整青鬢，鬥將蟋蟀憑欄杆」（吳棠楨）。有些地方則以鬥蟋蟀下賭注，動輒贏房子贏地，也有為小蟲輸得傾家蕩產的。

現在秋天也常聽見蟋蟀鳴叫，「玉階蟋蟀鬧清夜」，但孩子們不玩蟋蟀了，他們的業餘時間都安排滿了，各種培訓班、學奧數、學外語、彈鋼琴、學跆拳道、學書法、學畫畫，再也沒有孩子去留意這種好鬥的小蟲。

望薊門①

〔唐〕祖　詠

燕臺②一去客心驚，笳③鼓喧喧漢將營。
萬里寒光生積雪，三邊④曙色動危旌⑤。
沙場烽火連胡月，海畔雲山擁薊城。
少小雖非投筆吏⑥，論功還欲請長纓⑦。

註釋

① 薊門：指土門關，位於北京城北，「燕京八景」中有「薊門煙樹」，唐代屬范陽道，屯有重兵。

② 燕臺：戰國時燕昭王所築的黃金臺，詩中代指燕地，泛指平盧、范陽一帶。

③ 笳：是漢代流行於塞北的一種類似笛子的管樂器，這裏代指號角。

④ 三邊：一般指幽州、并州和涼州等地域，泛指唐代的東北、北方和西北等邊防地區。

⑤ 危旌：高懸的旗幟。

⑥ 投筆吏：東漢班超年少時做過抄寫文書的小吏，後來立志投筆從戎，立功西域，被封為定遠侯。

⑦ 請長纓：西漢武帝時期，終軍年才弱冠，就向漢武帝請求：「願受長纓，必羈南越王而致之闕下。」

評述 ．．．．．．．．．．．．．．．．．．

　　祖詠（699-746？），洛陽人。玄宗開元進士，與王維、
儲光羲友善。因為有在河北一帶為官遊宦的經歷，他的這
首邊塞詩顯得情真意切，感慨深沉。全詩圍繞一個「望」
字來寫，突出離別幽燕之地後，詩人對於邊塞的回望與報
國情懷的寄託。開篇即寫詩人離開燕地，心中時時震動，
彷彿仍能聽到漢軍營內標誌性的笳鼓喧騰。頷聯與頸聯寫
景，卻各有側重：頷聯描繪薊門一帶寒冬的景況：積雪堆
疊，萬里北疆寒光閃耀，高懸的旗幟在寒風中拂動，邊塞
沉浸在一片朝陽之中，冷色調的對比襯托出防備的森嚴與
軍容嚴整。頸聯視野更為宏大，將漢胡交界的廣大地域都
納入到詩裏，並且點明了薊城依山傍海的險要地勢，突出
了薊門在唐軍北方戰線的核心地位。尾聯詩人連用兩個典
故：班超投筆從戎和終軍請纓縛南越王，正面申明自己的
立場：立志報效國家，立功邊塞。整首詩景物描摹壯闊雄
渾，情感抒發真切自然，是唐人邊塞詩的上佳之作。

楊家將

　　我們全家喜歡京劇，老生戲看得多的是三國戲，還有楊家將的戲。外公說，抗戰期間，重慶常演楊家將的戲，演《洪洋洞》《碰碑》，演薛金蓮、樊梨花，演《抗金兵》等戲，戲院裏用彩筆刷上了各種標語，如「女子要學花木蘭、梁紅玉，男人要學岳武穆」！鼓勵大家參軍抗日殺敵，當時大批年輕男女學生參軍，號稱「十萬青年十萬兵」。抗戰時期外公有本畫集叫《戰時相》，收入《任他霹靂眉邊過，談笑依然不轉睛》《自寫岳王詞在壁，從頭收拾舊山河》等漫畫。

　　我讀初二時，外公曾教我祖詠的七律，外公說這是一首「邊塞詩」，古代中原地區經常遭受北方遊牧民族的侵擾，例如漢代的匈奴，宋朝以後的遼、金、蒙古、滿清。抗戰期間日本侵略軍也是首先從東北方打過長城。外公隨口又吟誦了幾首邊塞詩：

> 葡萄美酒夜光杯，欲飲琵琶馬上催。醉臥沙場君莫笑，古來征戰幾人回？　　　　（王翰《涼州詞》）
> 秦時明月漢時關，萬里長征人未還。但使龍城飛將在，不教胡馬度陰山。　　　　（王昌齡《出塞》）
> 軍歌應唱大刀環，誓滅胡奴出玉關。只解沙場為國死，何須馬革裹屍還。　　　　（徐錫麟《出塞》）
> 回樂峯前沙似雪，受降城外月如霜。不知何處吹蘆管，一夜征人盡望鄉。
>
> 　　　　（李益《夜上受降城聞笛》）

　　那天我們談起當年楊家將抗遼的故事，記得當晚小姨豐一吟就帶我到上海天蟾舞台去看楊寶森的《李陵碑‧審潘洪》。這段京劇取材於《楊家將演義》，寫的是北宋時期潘仁美（潘洪）掛帥出征遼國，令楊業（楊老令公）父子為先鋒。出征後潘仁美故意不發援兵，致使楊老令公身陷絕境，碰「李陵碑」壯烈殉國的故事。這才是「馬革裹屍真壯士，陽關莫作斷腸聲」。近年來不斷有人為潘仁美翻案，說他也是主戰派，地位和貢獻都在楊老令公之上，這是後話。

　　我就此成了京劇迷，跟小姨豐一吟一起，曾看過馬連良、譚富英、張君秋、裘盛戎、李少春、杜近芳等著名演員演的《龍鳳呈祥》《大保國‧探皇陵‧二進宮》《失街亭‧空城計‧斬馬謖》《游龍戲鳳》《林沖夜奔》《桃花扇》等名劇。高三畢業考前夜，我居然去看梅蘭芳演的《宇宙鋒》，幸而複習得好，畢業考仍然考出高分。進北大後就參加了北京大學京劇團拉京二胡。近年來又常參加北京大學「燕南」京劇社的演出。

　　北京郊區有不少與楊家將有關的地名，例如「六郎莊」「點將台」「焦贊峪」「打子營」「摺子台」（以後改成「了思台」）、「掛甲屯」等，無聲地記敍着當年楊家將和遼軍鬥爭的往事。

水調歌頭・平生太湖上①

〔宋〕無名氏

平生太湖上，短棹②幾經過。如今重到何事？愁與水雲多。擬把匣中長劍，換取扁舟一葉，歸去老漁蓑。銀艾③非吾事，丘壑已蹉跎④。

膾新鱸，斟美酒，起悲歌。太平生長，豈謂今日識干戈？欲瀉三江雪浪，淨洗邊塵千里，不為挽天河！回首望霄漢⑤，雙淚墮清波。

註釋 ....

① 太湖：橫跨江、浙二省，流入長江。煙波浩渺，古來多稱勝景。

② 棹（zhào）：划船的工具，形狀似槳。

③ 銀艾：銀印及綠綬，喻高官。

④ 蹉跎：參差不齊貌。

⑤ 霄漢：天河，比喻京都附近或帝王左右。

評述 ··

　　據曾敏行《獨醒雜志》記載，南宋紹興中（1131-1162），吳江長橋題有該詞，不題姓氏。此詞後來傳到宮中，秦檜命人張貼黃榜尋找此人，也沒有找到。有人說作者是一位隱士。《中吳紀聞》也記載了這首詞，說這首詞作於建炎四年（1130）。當時金兵不斷擾亂江南，南宋朝廷無計可施，多次求和。這首詞字裏行間無不透露著作者對統治者的斥責和無奈。上闋圍繞「愁」字展開，回顧平生，審視今事，憂愁憤懣多如水雲，還不如拿我那匣中長劍，去換一葉扁舟，從此歸隱。仕途經濟本不是我心裏能裝下的事，眼前丘壑參差，心也牽絆。下闋用張翰舊典，膾鱸魚、斟美酒，狂呼悲歌。長於盛世，卻沒有料到會遭逢戰爭之苦。我要把那三江雪浪瀉盡，來洗淨邊塞的煙塵。回望京都，想到朝廷求和，怎能不傷心垂淚呢！

平生太湖上和生死恨

　　有一次全家遊太湖，大家談起北宋「靖康之恥」，高宗南渡定都臨安，一開始形勢還不錯，有一批抗金名將劉光世、韓世忠、岳飛等。岳飛揮師北伐，先後收復鄭州、洛陽等地，於郾城、潁昌、朱仙鎮大敗金軍。宋高宗、秦檜卻一意求和，以十二道「金牌」下令退兵，岳飛被迫班師。岳飛壯志未酬，寫下了《滿江紅·登黃鶴樓有感》：

> 遙望中原，荒煙外，許多城郭。想當年、花遮柳護，鳳樓龍閣。萬歲山前珠翠繞，蓬壺殿裏笙歌作。到而今，鐵騎滿郊畿，風塵惡。

> 兵安在，膏鋒鍔。民安在，填溝壑。歎江山如故，千村寥落。何日請纓提銳旅，一鞭直渡清河洛。卻歸來、再續漢陽遊，騎黃鶴。

　　當年岳飛意氣風發，「抬望眼，仰天長嘯」，並躊躇滿志，寫下「駕長車，踏破賀蘭山缺」的《滿江紅》，宣誓「直抵黃龍府，與諸君痛飲耳」！不過此時此刻，岳飛的心情沉重，詞風也完全變了。但他對高宗還存有一絲希望，讓他再次帶兵北上破敵。

　　在宋金議和過程中，岳飛遭受秦檜等人的誣陷，被捕入獄。後來岳飛以「莫須有」的「謀反」罪名，與長子岳雲、部將張憲在風波亭被害。一代抗金名將未能戰死沙場、馬革裹屍，卻冤死在投降派的獄中。從此後南宋朝廷

偏安一隅，胡騎數度南窺，侵擾江南，劫掠兩浙。

當年有人在吳江長橋上題《水調歌頭》「平生太湖上」，表達了悲憤、沉痛的感受，但未題姓名。這首詞後來傳入禁中（宮中），高宗傳旨遍訪其人，秦檜也請高宗下皇榜招之，但詞作者始終未接旨。外公說，這首詞很悲壯，寫得很好，可能是岳飛舊部，或主戰派的文人寫的。詞作者冷眼旁觀了岳飛父子風波亭被害，深知如果進宮，必然被秦檜陷害，所以不接旨。

當晚在蘇州晚餐，小姨說有一出京劇名段《抗金兵》，描寫韓世忠在黃天蕩大敗金兀朮，夫人梁紅玉親自擂鼓助威。據《說岳全傳》，金兀朮被困，幾乎全軍覆沒，後來專門拜訪了一位老道，老道寫了一首詩，把四句詩的第一個字連起來，是「老鸛河走」。金兀朮聽信了老道暗示，率殘兵敗將從老鸛河僥幸逃脫。這估計是演義了。

「七七事變」前，北京風聲已經很緊，梅蘭芳先生聽從朋友的勸告，從北京遷居上海，演出《抗金兵》。戲演的雖然是抗金，實質是號召全面抗戰。接着又重新排演《生死恨》，描寫女俘的悲慘遭遇，唱詞中有「說甚麼花好月圓人亦壽，山河萬里幾多愁，金酋鐵騎豺狼寇，他那裏飲馬黃河血染流，嘗膽臥薪權忍受，從來強項不低頭，思悠悠來恨悠悠，故國月明在哪一州」，真是字字泣血，句句傷痕。

這兩部戲演出後，上海百姓壓抑已久的愛國熱情迸發，台上台下心同此激情，首演的三場，上海天蟾舞台座無虛席，「山河萬里幾多愁」成了滬上百姓的繞樑之音，揮之不絕。1936年2月，上海社會局日本顧問黑木以非常時期編演新戲必須接受藝術審查為名，實施干預。梅蘭芳移至南京大華戲院，再演三場，社會上一票難求，搶購戲票

的人把票房的門窗玻璃都擠碎了。

　　從蘇州回到上海後，小姨專門請梅蘭芳先生的琴師倪秋平（也是我的胡琴啟蒙老師）到家裏來，小姨唱《生死恨》，請倪先生伴奏那段著名的二黃導板轉慢板：「耳邊廂又聽得初更鼓響，思想起當年事好不悲傷⋯⋯」

長干行二首①

〔唐〕崔　顥

君家何處住？妾住在橫塘②。
停船暫借問，或恐是同鄉。

家臨九江水，來去九江側③。
同是長干人，生小不相識。

註釋 ∙∙

① 長干行：樂府曲名，初指流行於南京附近長干一帶的
民歌。

② 橫塘：古地名，在今南京江寧。

③ 九江：本指長江潯陽段，泛指長江。

評述 ∙∙

　　崔顥，盛唐大詩人，汴州人，代表作《黃鶴樓》，有
《崔顥集》。《長干行》是樂府曲名。崔顥的這首詩捕捉到江
南日常生活中兩個富有戲劇性的畫面。前四句描繪了一個
妙齡女子大膽而機智地與臨船男子搭訕的場景。詩人省略
掉敍述性的內容，只截取了女子的問話：「您是哪裏人，
我是橫塘的。」連答語都省略了，突出問話女子的率真和

憨直。彷彿是看到了臨船君子錯愕的表情，女子補充說明道：「我停下船借問一句，也許我們是同鄉吧？」臨船君子如何回答，周圍人甚麼反應，都不重要了。詩人用二十個字將女子的性情與氣質烘托了出來，令人拍案叫絕。後四句彷彿是前詩的繼續：兩人相識後共敍家常。兩家都住在九江邊，在潯陽江畔來來去去了千百回，我們都是長干人，竟然從來沒有相識過，相見恨晚之情，表露無遺。

遊廬山記（上）

　　我在復興中學讀初二那年暑假，外公和小姨豐一吟譯完了蘇聯柯羅連科的長篇小說《我的同時代人的故事》第一卷後，全家五人：外公、外婆、小姨、小舅和我去廬山旅遊，外公曾寫過三篇《廬山遊記》。記得我去外公家時，小姨正在翻譯，但已經心不在焉，不斷打聽九江的船票，我和小舅也跟着興奮至極，我還是第一次坐江輪。最後定下乘坐「江新輪」。

　　我們在船上包了頂層三個一等艙的房間，外婆和小姨住一間，我和小舅住一間，外公和一位工程師住一間。從壁上的照片中看到：這輪船原在解放初時被敵機炸沉，後來撈起重修，不久以前才復航的。一張照片上是剛剛撈起的破碎不全的船殼，另一張照片上是重修竣工後的嶄新的「江新輪」。

　　小舅帶着他的捷克製的手風琴，在雲山蒼蒼、江水泱泱的環境中奏起悠揚的曲調來，真有「高山流水」之概。我則趴在欄杆上欣賞輪船激起的白色浪花，還有一些隨着船飛翔的小鳥。

　　輪船第一站停靠南京，停船時間大約半小時。到南京前，我們就在議論六朝、三國、春秋吳越的闔閭、夫差、孫權、周郎、梁武帝、陳後主，吟誦有關這個六朝古都的詩詞：

千里鶯啼綠映紅，水村山郭酒旗風。南朝四百八十
寺，多少樓台煙雨中。　　　　（杜牧《江南春》）

煙籠寒水月籠沙，夜泊秦淮近酒家。商女不知亡國
恨，隔江猶唱後庭花。　　　　（杜牧《泊秦淮》）

折戟沉沙鐵未銷，自將磨洗認前朝。東風不與周郎
便，銅雀春深鎖二喬。　　　　（杜牧《赤壁》）

鳳凰台上鳳凰遊，鳳去台空江自流。吳宮花草埋幽
徑，晉代衣冠成古丘。三山半落青天外，二水中分
白鷺洲。總為浮雲能蔽日，長安不見使人愁。

　　　　　　　　　　　　（李白《登金陵鳳凰台》）

紫泉宮殿鎖煙霞，欲取蕪城作帝家。玉璽不緣歸日
角，錦帆應是到天涯。於今腐草無螢火，終古垂楊
有暮鴉。地下若逢陳後主，豈宜重問後庭花。

　　　　　　　　　　　　　　（李商隱《隋宮》）

　　輪船停靠時間不過半小時，我們匆匆回到船上。在安
慶停靠的短時間裏，我們在街巷中，看到了一種平生沒有
見過的家具，這便是嬰孩用的坐車。這坐車是圓柱形的，
上面一個圓圈，下面一個底盤，四根柱子把圓圈和底盤連
接；中間一個座位，嬰兒坐在這座位上；座位前面有一個
特別裝置：二三寸闊的一條小板，斜斜地裝在座位和底盤
上，與底盤成四五十度角，小板兩旁有高起的邊，彷彿小
人國兒童公園裏的滑梯。

　　我們初見時不解這滑梯的意義，一想就恍然大悟了它
的妙用。外公說這裝置大約是這裏的「子煩惱」的勞動婦女
所發明的吧？這裏所謂的「子煩惱」，大約指的是家裏孩子
太多。安慶「子煩惱」的人大約較多，剛才我們擠出碼頭的
時候，就看見許多五六歲甚至三四歲的小孩子。這些小孩
子大約是從「子煩惱」的人家溢出到碼頭上來的。

外公說他想起了久未見面的邵力子先生。聽說邵力子先生和著名學者、北京大學校長馬寅初先生大力提倡「優生優育」，控制人口數量、提高人口質量、提高受教育的比例等。

最後一站是九江。常常替詩人當模特兒的九江，受了詩的美化，在一千多年後的今天風韻猶存。街道清潔，市容整齊；遙望岡巒起伏的廬山，彷彿南北高峯；那甘棠湖正是具體而微的西湖。九江居然是一個小杭州。九江的男男女女，大都儀容端正，尤其是婦女們，無論是薈集在甘棠湖邊洗衣服的女子，還是提着筐挑着擔在街上趕路的女子，個個相貌端正，衣衫整潔，好像都是學校裏的女學生。但這還在其次。九江的人態度都很和平，對外來人尤其客氣，這一點最為可貴。

九江街上瓷器店特別多，有許多瓷器玩具：貓、狗、雞、鴨、兔、牛、馬、兒童人像、婦女人像、騎馬人像、羅漢像、壽星像，各種各樣都有，而且大都是上彩釉的。我當即買了一套神仙的瓷器，打算回上海後送給同學。在這種玩具中，可以窺見中國手藝工人的智巧。他們都沒有進過美術學校雕塑科，都沒有學過素描基本練習，都沒有學過藝術解剖學，全憑天生的智慧和熟練的技巧，刻畫出種種形象來。這些形象大都肖似實物，大多姿態優美，神氣活現。

店裏有許多磁馬，形態各異、栩栩如生。外公告訴我們，唐朝的畫家韓幹以畫馬著名於後世，他在唐明皇的朝廷裏做大官。那時候唐明皇有一個擅長畫馬的宮廷畫家叫做陳閎。有一天唐明皇命令韓幹向陳閎學習畫馬。韓幹不奉詔，回答唐明皇說：「臣自有師。陛下內廄之馬，皆臣師

也。」江西的手藝工人，正同韓幹一樣，沒有進美術學校從師，就以民間野外的馬為師，他們的技術全靠平常對活馬的觀察研究而進步起來的。

我們搭船到九江甘棠湖上的煙水亭去乘涼。這煙水亭活像杭州西湖的湖心亭，面積不及湖心亭之半，而樹木甚多，樹下設竹榻賣茶。我們躺在竹榻上喝茶，四面水光灩灩，風聲獵獵，有幾個九江女郎也擺渡到這裏的樹蔭底下來洗衣服。每一個女郎所在的岸邊的水面上，都以這女郎為圓心畫出層層疊疊的半圓形的水浪紋，好像半張極大的留聲機片。這光景真可入畫。當時我看見離我們最近的九江浣衣女，不過是位十三四歲的小姑娘，只見她衣着雖然樸素，但「嬌波流慧、細柳生姿」，不禁想起崔顥的《長干行》，不覺心存幻想，想像她會不會問我「君家何處住？妾住在橫塘。停船暫借問，或恐是同鄉」，不由自主地臉紅起來，幸而未被外公小姨發現。

我們躺在竹榻上，無意中舉目正好望見鬱鬱葱葱、雲霧繚繞的廬山。聽外公講陶淵明的詩：「採菊東籬下，悠然見南山。」想到明天就有車上廬山，心中早已如心猿意馬，恨不得今天就上山。大概就是這種心境吧。預料明天這時光，一定已經身在山中，或許已經看到廬山真面目了。

江行無題

〔唐〕錢　珝

咫尺愁風雨，匡廬①不可登。
只疑雲霧裏，猶有六朝②僧。

註　釋

① 匡廬：指廬山。殷周之際的匡俗先生受道於仙人，居此
　山，故稱匡廬。

② 六朝：指先後建都於建康（南京）的孫吳、東晉、宋、
　齊、梁、陳六個政權。

評　述

　　錢珝，字瑞文，吳興人，晚唐詩人。「大曆十才子」之
一錢起的曾孫。他的代表作是《江行無題》百首，這是其中
的第六十八首。詩人用短短二十個字寫出了人們攀登廬山
時的一種心理，側面烘托出廬山的神祕與清幽。詩歌的構
思與意境都非常巧妙。開頭兩句倒裝，點出匡廬不可攀登
的道理：因為咫尺之間雨疏風驟，山間風雲變幻，天氣變
化無常，給攀登造成了一定自然障礙。後兩句更奇絕，從
山中自然的雲霧繚繞聯想到這白雲深處，是不是還住着六
朝時候的高僧呢？錢珝生活在唐末，距離六朝中最後一個
王朝陳朝也已過去三百多年，人不可能壽命這麼長。詩人

抓住了登山過程中的體驗與想像，極寫廬山中雲氣的飛騰變幻，離貌寫神，失事求似，使得整首詩成為了描寫廬山勝境的佳作。

遊廬山記（下）

外公在他的文章《廬山遊記》中詳細地描述了廬山的風光。唐朝詩人錢珝教我們「不可登」，我們沒有聽他的話，竟在兩小時內乘汽車登上了匡廬。這兩小時內氣候由盛夏迅速進入了深秋。上汽車的時候三十五度，在汽車中先藏扇子，後添衣服，下汽車的時候不過二十來度了。赴第三招待所的汽車駛過正街鬧市的時候，廬山給我們的最初印象竟是桃源仙境：土地平曠，屋舍儼然；有茶館、酒樓、百貨之屬；黃髮垂髫，並怡然自樂。不過他們看見了我們沒有「乃大驚」，因為上山避暑休養的人很多，招待所滿坑滿谷，好容易留兩個房間給我們住。廬山避暑勝地，果然名不虛傳。這一天天氣晴明。憑窗遠眺，但見近處古木參天，綠蔭蔽日；遠處岡巒起伏，白雲出沒。有時一帶樹林忽然不見，變成了一片雲海；有時一片白雲忽然消散，變成了許多樓台。正在凝望之間，一朵白雲冉冉而來，鑽進了我們的房間裏。廬山真面目的不容易窺見，只因這些白雲在那裏作怪。

招待所的主任聽說豐子愷入住，趕緊過來見面，猶豫半日才說想要一幅外公的畫，外公答應回上海後畫了寄給他，主任大喜過望，好像減免了不少房費飯費。我記得開始外公想送他一幅常畫的《種瓜得瓜》。在招待所裏外公還遇到一位程千帆先生，帶着一位十來歲的女兒程麗則一起來遊廬山。外公說程先生國學根底很深。他和程千帆過去並未謀面，但他們一見如故，成為朋友。

廬山的名勝古跡很多，據說共有兩百多處。但我們十

天內遊蹤所到的地方，主要的就是小天池、花徑、天橋、仙人洞、含鄱口、黃龍潭、烏龍潭等處而已，相傳夏禹治水的時候曾經登大漢陽峯，周朝的匡俗曾經在這裏隱居，晉朝的慧遠法師曾經在東林寺門口種松樹，王羲之曾經在歸宗寺洗墨，陶淵明曾經在溫泉附近的栗里村住家，李白曾經在五老峯下讀書，白居易曾經在花徑詠桃花，朱熹曾經在白鹿洞講學，朱元璋和陳友諒曾經在天橋作戰，王陽明曾經在捨身崖散步，感歎山勢的奇絕……盧山天橋其實是一個斷崖，右面的斷崖上伸出一根大石條來，伸向左面的斷崖，石條與斷崖相距數尺，彷彿一腳可以跨過似的。我們所登的便是左面的斷崖。我們在斷崖上坐看雲起，臥聽鳥鳴，又拍了幾張照片，逍遙地步行回寓。

　　含鄱口左望揚子江，右瞰鄱陽湖，天下壯觀，不可不看。有一天我們果然爬上了最高峯的亭子裏。然而白雲作怪，密密層層地遮蓋了江和湖，不肯給我們看。我們在亭子裏吃茶，等候了好久，白雲始終不散，望下去白茫茫的，一無所見。

　　我和小舅最興奮，我們買幾瓶汽水放在山澗石頭底下的水中，過一會取出來就好像冰鎮汽水了。我們玩累了，就坐在石頭上喝汽水，小舅學的詩詞比我多，他說比比誰會的盧山的詩詞多：

> 日照香爐生紫煙，遙看瀑布掛前川。飛流直下三千
> 尺，疑是銀河落九天。　　（李白《題盧山瀑布》）
> 橫看成嶺側成峯，遠近高低各不同。不識盧山真面
> 目，只緣身在此山中。　　（蘇軾《題西林壁》）

盧山東南五老峯，青天削出金芙蓉。九江秀色可攬
結，吾將此地巢雲松。　　（李白《望盧山五老峯》）

　　從我們住的招待所遠遠可以望見遠處山林深處有一
處廟宇「棲霞寺」，聽說是著名的盧山十大叢林（寺廟）之
一，太遠了沒有去。外公說和尚的壽命都很長，故有「只
疑雲霧裏，猶有六朝僧」之說。唐朝離六朝已很久遠，但
在雲霧繚繞的寺廟中可能還有六朝的僧人，更增添了雲霧
繚繞的盧山的神祕感。

　　有一天吃飯時，外公叫了一瓶青島啤酒。開瓶的時
候，白沫四散噴射，飛濺到幾尺之外。外公在上海一向喝
光明啤酒，以為青島啤酒氣足得多。回家趕快去買青島啤
酒，豈知開出來同光明啤酒一樣，並無白沫飛濺。啊，
原來是海拔一千五百公尺，氣壓低的關係！盧山上的啤酒
真好！

　　回到上海日月樓，外公提筆為那位主任作畫《此造物
者之無盡藏也》，想必是外公觀看了盧山瀑布後改了主意。

　　開學後我寫了一篇作文《不見盧山真面目，只緣身在
此山中》，成了學校裏的優秀作文。

塞下曲四首・其一

〔唐〕常　建

玉帛^①朝回望帝鄉，烏孫^②歸去不稱王。
天涯靜處無征戰，兵氣銷為日月光。

註釋

① 玉帛：古代諸侯朝覲的禮物。

② 烏孫：西漢西域國名，借指唐朝西域國家。

評述

　　常建，盛唐詩人，長安人，一說邢台人。盛唐邊塞詩流光溢彩，集中體現了古代詩人豪邁尚武的精神。「立功異域，以取封侯」成為了許多詩人的人生理想。盛唐時代湧現出高適、岑參、王昌齡等一批以邊塞詩著稱的大詩人。常建的《塞下曲》是其中最有代表性的作品之一。這首《塞下曲》與其他一些盛唐邊塞名詩最大的不同是它沒有宣揚征戰的正義性與戰將的英勇，而是歌頌了天涯靜處「無征戰」的祥和與安寧。強調了中原王朝與西域國家和平相處、朝貢不絕的和諧景象。整首詩用了西漢時烏孫入朝的典故，擬想出烏孫使臣離開長安城後回望帝京，戀戀不捨的情狀。全詩圍繞這一場景展開，最後一句表明了西漢與

烏孫和解的好處：天下兵器入庫，不再征戰，兵戈之患化為日月光芒。化干戈為玉帛的古訓在常建的這首《塞下曲》中得到了詩意的詮釋。

兵氣銷為日月光

有次週末去外婆家，正好看見外公在畫《天涯靜處無征戰，兵氣銷為日月光》。畫完後外公說，你來了，正好教你這首詩。

烏孫是活動在新疆伊犁河谷一帶西域諸國中的遊牧民族。漢武帝為了撫定西域，騰出兵力遏制匈奴，曾兩次以宗女下嫁，和烏孫訂立和親之盟。烏孫從此不再進犯中原。

二舅舅豐元草從北京回到上海，晚飯後大家說起漢朝和匈奴間的鬥爭。記得我背誦了王昌齡的《出塞》：

> 秦時明月漢時關，萬里長征人未還。
> 但使龍城飛將在，不教胡馬度陰山。

「龍城飛將」是指漢武帝時鎮守盧龍城的名將李廣，據說他繼承了一套祖傳的好箭法，據史記《李將軍列傳》記載，一天夜裏李廣出獵，遠遠看到一隻白虎，他彎弓搭箭就射，第二天發現射中的竟是一塊大石，由於李廣力大無比，箭頭深深扎入石頭中。唐朝詩人盧綸有詩《和張僕射塞下曲》：

鷲翎金僕姑，燕尾繡蝥弧。獨立揚新令，千營共
一呼。

林暗草驚風，將軍夜引弓。平明尋白羽，沒在石
棱中。

月黑雁飛高，單于夜遁逃。欲將輕騎逐，大雪滿
弓刀。

181

講的就是這段往事。李廣英勇善戰，參戰七十餘次，多次打敗匈奴，常以少勝多，險中取勝，以致匈奴人聞名喪膽，稱之為「飛將軍」，「避之數歲」。他曾歷經漢朝文、景、武三朝，但由於種種緣故，未能建立大的戰功。草娘舅說：「馮唐易老，李廣難封。」（王勃《滕王閣序》）李廣成了時運不濟的悲劇性人物。漢文帝也感慨李廣生不逢時，他曾對李廣說：「惜乎，子不遇時！如令子當高帝時，萬戶侯豈足道哉！」意思是說像李廣這樣英勇善戰的名將，如果趕上漢高祖的年代，當個萬戶侯不算甚麼。最後一次李廣隨大將軍衛青出征，還偏偏迷了路，耽誤了軍情。李廣覺得這就是他的命，自刎而死，他的部下「一軍皆哭。百姓聞之，知與不知，無老壯皆為垂涕」。後世就有「李廣無功緣數奇」的說法，意思是說李廣的命不好。

漢朝是非常強盛的朝代，漢武帝時衛青、霍去病是一代名將，曾幾次率軍西征北討，殲滅了匈奴的主力。特別是霍去病，是位驍勇善戰的年輕將領。他善於出奇兵，長途奔襲，特別是河西（祁連山河西走廊）一仗，霍去病帶領精銳騎兵出其不意地遠襲，使匈奴受到重創，從此一蹶不振。

外公說，漢武帝要賜給霍去病住所，安排他成家，霍去病回答：「匈奴未滅，無以家為也。」外公說，抗戰期間，妻子鼓勵丈夫參軍殺敵，往往用「匈奴未滅，何以家為」這句。後人談論到年輕人「先立業、後成家」，也常常引用霍去病的這句名言。

草娘舅接着說到《後漢書・班超列傳》，班超的兄長班固曾任京中任校書郎。由於家境貧寒，班超替官府抄寫文書，維持生計。班超常常投筆感慨：「大丈夫無它志略，猶

當效傅介子、張騫立功異域，以取封侯，安能久事筆硯間乎？」旁人都笑話他。班超說：「小子安知壯士志哉。」

後來班超被推舉見到皇上，並以「假司馬」的身份出使西域鄯善，恰好匈奴來人挑撥鄯善王和漢朝的關係。班超和他手下共飲，酒酣，用激將法說「不入虎穴，焉得虎子」。下屬都說：「今在危亡之地，死生從司馬。」班超當夜率三十六員壯士縱火奇襲匈奴軍隊，召鄯善王廣，以匈奴人的首級示之，一國震怖，鄯善果然與匈奴決裂，歸順漢朝。此後班超被封為定遠侯，繼續在西域征討，終於大敗匈奴和其他附屬國，由於張騫、班超等將領的功績，最終開拓了西域的絲綢之路。

我們繼續議論漢朝和匈奴間的爭鬥，小娘舅豐新枚背誦了一段王勃的《滕王閣序》：

> 無路請纓，等終軍之弱冠；有懷投筆，慕宗愨
> 之長風。

外公說，這幾句講到武帝時出使南越的終軍「願受長纓，必羈南越王而致之闕下」，講到班超投筆從戎的雄心壯志，講到南朝的宗愨乘長風破萬里浪的遠大抱負，他們都是二十來歲。王勃以一系列的典故，表達了年輕人建功立業、報效國家的宏偉理想，是千古傳誦的名句。

外公說：「中國漢唐的強盛，是一大批年輕軍人南征北討打出來的，現在新中國一天比一天強大，今天的和平環境，也是解放軍志願軍打出來的。」草娘舅曾參加志願軍文工團，記得當時他說，志願軍的軍長師長也不過三四十歲，團長連長差不多二三十歲。似乎記得草娘舅參加的是

原來第三野戰軍的文工團，可能就是後來志願軍的第九兵團。

　　外公早已去世了，但他教我的那篇後漢書《班超列傳》我一直記在心頭。參加工作後，我曾長期擔任大恆集團公司副總裁兼總工程師，負責國際業務，我也經常用班超的話「大丈夫當立功異域，以取封侯」勉勵經理和員工：有志氣的中國公司，必須到國際市場去打拼。

秋日赴闕題潼關驛樓^①

〔唐〕許　渾

紅葉晚蕭蕭^②，長亭^③酒一瓢。
殘雲歸太華^④，疏雨過中條^⑤。
樹色隨山迥^⑥，河聲入海遙。
帝鄉^⑦明日到，猶自夢漁樵^⑧。

註　釋

① 本詩又題作《行次潼關逢魏扶東歸》。闕，宮殿前的高體建築，此處指代帝京長安。

② 紅葉晚蕭蕭：一作「南北斷蓬飄」。

③ 長亭，古時驛路每十里設一長亭，供往來休息之用。

④ 太華：西嶽華山，在陝西華陰縣。

⑤ 中條：中條山，山西南部黃河與涑水之間的山脈。

⑥ 迥：遠。

⑦ 帝鄉：長安。

⑧ 尾二句一作「勞歌此分手，風急馬蕭蕭」。

評　述

　　許渾，字用晦，晚唐詩人，潤州丹陽人。著有《丁卯集》。晚唐詩人許渾非常善於寫景。他的詩歌意境高遠，

氣度俊爽，有些詩作甚至被誤認為是杜牧寫的。這首《秋日赴闕題潼關驛樓》是一首典型的送別詩。它的另一個題目《行次潼關逢魏扶東歸》可能更清楚地交代了詩歌的創作背景。許渾是江蘇丹陽人，進京途中路過潼關，恰遇出關東歸的好友魏扶，兩人一番交流後各奔前途，臨別贈詩。詩歌雖寫離愁別緒，然而沒有一絲故套。詩人發揮他的長處，連寫三聯景色，首聯就寫出紅葉漸濃的深秋，驛路之上偶遇故人，把酒話別的優美景致。頷聯將視線拓展到相逢之地潼關的山河形勝：太華山在西，中條山在北，殘雲和疏雨飄蕩在河山之間。「歸」與「過」兩個動詞給靜態的山巒注入了活潑潑的生機。頸聯則將景色由近及遠地進行描繪：深秋的樹色，明媚而鮮豔，隨着山勢的起伏而遠去，耳畔聽到的是黃河濤聲滾滾，似乎直達海濱。經過六句景致的反覆渲染，尾聯二句終於道出了作詩的意圖：詩人在此分別，不日就要抵達京城長安，開始仕宦生涯，那時反而會懷戀朋友及自己從前閒雲野鶴、優哉遊哉的隱士生活。建功立業與漁樵閒話恰好是古人精神選擇最掙扎的兩端。詩人用親身經歷和如花妙筆，寓情於景，為深秋的潼關添染上一層離別的惆悵與蕭索。

一篇之警句

那年我在北大物理系念書時，外公到北京開第三屆全國政協會議，我和二舅豐元草到民族飯店去看望外公。我忘了甚麼原因讓我們議論起香山紅葉來。外公和我們談起描寫紅葉的詩，我回答：

> 遠上寒山石徑斜，白雲生處有人家。
> 停車坐愛楓林晚，霜葉紅於二月花。

外公問還喜歡哪首？我只記得有兩句著名的詩：「紅葉晚蕭蕭，長亭酒一瓢。」作者是誰記不得了。草娘舅的古文根底好，他說詩作者是許渾，還把這首詩從頭背了下來。

對於「紅葉」外公情有獨鍾。他曾在《我譯〈源氏物語〉》一文中說：「我是四十年前的東京旅客，我非常喜愛日本的風景和人民生活，說起日本，富士山、信濃川、櫻花、紅葉、神社、鳥居等都浮現到我眼前來。」「說起紅葉，我又惦念起日本來。櫻花和紅葉，是日本有名的『春紅秋豔』。我在日本滯留的那一年，曾到各處欣賞紅葉。記得有一次在江之島，坐在紅葉底下眺望大海，飲正宗酒。其時天風振袖，水光接天；十里紅樹，如錦如繡。三杯之後，我渾忘塵勞，幾疑身在神仙世界了。四十年來，這甘美的回憶時時閃現在我心頭。」

我們又從紅葉回到許渾的詩。外公說他從小喜歡讀詩詞，只是「讀而不作」（其實外公的詩詞作品不少）。有的古文詩詞全篇都可愛，字字珠璣，例如《長恨歌》《滕王閣序》，可惜這樣的名篇並不多。大家所愛的，往往只是一篇中的一段，或其

一句。「這一句諷詠之不足，往往把它抄寫在小紙條上，粘在座右，隨時欣賞。」比如讀到「紅葉晚蕭蕭，長亭酒一瓢」，眼前會現出一個滿山紅葉、長亭話別的幻象來，若隱若現。

詩詞中的佳句，頗像外公的漫畫風格。外公的畫《無言獨上西樓，月如鈎》，寥寥數筆，就栩栩如生。外公漫畫中人物的輪廓、眉目都不全，但是頗能代表那個幻象。正如古人之言：「意到筆不到。」「作畫意在筆先。只要意到，筆不妨不到；非但筆不妨不到，有時筆到了反而累贅。」（參見《漫畫創作二十年》）詩詞也是如此，只要有膾炙人口的佳句就夠了，其餘部分不過是補充和陪襯，記不記得住都不影響這首詩詞的永恆價值。

二舅又說，許渾還有一首詩《咸陽城東樓》：

一上高城萬里愁，蒹葭楊柳似汀洲。溪雲初起日沉閣，山雨欲來風滿樓。
鳥下綠蕪秦苑夕，蟬鳴黃葉漢宮秋。行人莫問當年事，故國東來渭水流。

大家也只記住一句「山雨欲來風滿樓」。外公說，其實這首詩全詩寫得都好，但「山雨欲來風滿樓」太好，別的句子大家反而記不住了。

那天我們就談論起《白香詞譜箋》中的佳句，記得有：

何處是歸程，長亭更短亭。　　　　　（李白《菩薩蠻》）
南園滿地堆輕絮，愁聞一霎清明雨。（溫飛卿《菩薩蠻》）
青鳥不傳雲外信，丁香暗結雨中愁。

（南唐中主《浣溪沙》）

流水落花春去也，天上人間。　（南唐後主《浪淘沙》）

風乍起，吹皺一池春水。　　　（馮延巳《謁金門》）

三分春色二分愁，更一分風雨。　（葉清臣《賀聖朝》）

酒入愁腸，化作相思淚。　　　（范仲淹《蘇幕遮》）

問牧童遙指孤村，道杏花深處，那裏人家有。

（宋祁《錦纏道》）

水調數聲持酒聽，午醉醒來愁未醒。

（張先《天仙子》）

今宵酒醒何處，楊柳岸、曉風殘月。

（柳永《雨霖鈴》）

誰道人生無再少，君看流水尚能西。

（蘇軾《浣溪沙》）

薄衾孤枕，夢回人靜，徹曉瀟瀟雨。

（惠洪《青玉案》）

兩情若是久長時，又豈在朝朝暮暮。

（秦觀《鵲橋仙》）

人散後，一鈎新月天如水。　（謝逸《千秋歲》）

　　記得小娘舅豐新枚也從天津大學趕來看望外公，參加了我們的詩會。他喜歡的佳句是：

悵惘雙鴛不到，幽階一夜苔生。（吳文英《風入松》）

四壁秋蟲夜雨，更一點，殘燈斜照。清鏡曉，白髮又添多少。　　　（元好問《玉漏遲》）

聽夜深寂寞打孤城，春潮急。　（薩都拉《滿江紅》）

流光容易把人拋，紅了櫻桃，綠了芭蕉。

（蔣捷《一剪梅》）

秋興八首・其八

〔唐〕杜　甫

昆吾御宿自逶迤，紫閣峯陰入渼陂。
香稻啄餘鸚鵡粒，碧梧棲老鳳凰枝。
佳人拾翠春相問，仙侶同舟晚更移。
彩筆昔曾干氣象，白頭吟望苦低垂。

註釋 ···

① 昆吾：漢武帝上林苑地名，在陝西藍田西。

② 御宿：即樊川。

③ 逶迤：水流曲曲折折的樣子。

④ 紫閣峯：終南山峯名。

⑤ 渼陂：陝西戶縣西，唐時名勝。

⑥ 「香稻啄餘鸚鵡粒」二句：這兩句是倒裝句，即鸚鵡啄餘
　 香稻粒，鳳凰棲老碧梧枝。

⑦ 拾翠：拾取翠鳥的羽毛。

⑧ 相問：贈送禮物。

⑨ 仙侶：春遊夥伴。

⑩ 干氣象：指杜甫天寶十載所上《三大禮賦》，得玄宗賞識。

評述 ·····················

　　《秋興》八首作於大曆元年（766）秋天。那時杜甫在
夔州居住，感傷於秋風時事，因成組詩，此為最後一首。
整組詩歌從身邊的夔州三峽秋色起筆，轉到回憶長安，追
述歷史繁華與雲煙，最後描繪終南渼陂春遊的夢幻景致。
詩歌起筆自氣象蕭森的深秋，卻落筆於明媚豔麗的關中春
色。杜甫的用意其實十分明確：經歷了「安史之亂」的山河
破碎，風雨飄搖，唐朝已經再不能重振雄風。當年平常的
春遊，從長安到渼陂，從昆吾到御宿，紫閣峯在渼陂清冽
的池水中光華奪目。香稻與碧梧，鸚鵡與鳳凰，佳人與仙
侶，贈答與移舟，記憶中的太平盛世已經近乎仙境，不似
人間了。全詩的末尾一句道出了杜甫的心胸：當年我也曾
上《三大禮賦》，贏得君王嘉賞，努力用自己的文字為人間
掃蕩妖氛；然而今日的垂垂老病之身，只能在夔州的高閣
之上引頸遙望長安，低首默默垂淚了。杜甫的自然生命行
將終結，而家國的破敗使得他難以掩飾內心的悲愴，只能
在回憶中揮動彩筆，勾勒出曾經的恢弘氣象。

彩筆昔曾描濁世

外公說杜甫的律詩做得最好。「安史之亂」後，杜甫流亡顛沛，最後到四川，定居成都，一度在劍南節度使嚴武幕中任檢校工部員外郎，故又有杜工部之稱。晚年舉家東遷，途中留滯夔州二年，出三峽，漂泊鄂、湘一帶。《秋興》八首是杜甫客居夔州時所作，「彩筆昔曾干氣象，白頭吟望苦低垂」，回憶當年在洛陽長安意氣風發，寫出了許多好詩。杜甫與李白齊名，人稱「李杜」。

貧病交加的杜甫，所寫的詩句也是痛感神州陸沉，充滿黍離之悲。其中名句「香稻啄餘鸚鵡粒，碧梧棲老鳳凰枝」的主語（「鸚鵡」和「鳳凰」）和謂語、狀語（「啄餘」和「棲老」）倒置，讀後餘味無窮。外公曾把這兩句寫在細竹對聯上，掛在寓所「日月樓」。

外公於1961年秋隨上海政協參觀團去江西，遊南昌，並到贛南革命老區參觀，去了贛州、瑞金、井岡山等地，畫了不少畫，如《飲水思源》《井岡山瞻觀圖》等。

在路上他寫下了《浣溪沙・途中戲作》：

飲酒看書四十春，酒杯長滿眼長明，年年貪看物華新。

但願天天多樂事，不妨日日抱兒孫，最繁華處作閒人。

飲酒看書四十秋，功名富貴不須求，粗茶淡飯歲悠悠。

彩筆昔曾描濁世，白頭今又譯《紅樓》，時人將謂老風流。

「彩筆昔曾描濁世」，想必外公在參觀革命根據地後，撫今追昔，回憶起在舊社會他曾經用自己的畫筆「當面細看社會上的苦痛相、殘酷相，而為它們寫照」。《最後的吻》描寫舊社會一位女子養不起她的孩子，只能把嬰兒放到育嬰堂的抽屜裏，以後她再也不能去看孩子，所以給了自己的孩子最後的吻，而旁邊的母狗卻在哺育小狗。這人與狗的對比太過強烈。有位女讀者看了《最後的吻》後寫信給外公，說她自己流了許多眼淚，要畫家「賠她的眼淚」。當時外公在許多畫上都蓋上「速朽之章」，希望這些景象快快滅絕。

「白頭今又譯《紅樓》」，指的是外公在晚年翻譯了日本長篇小說《源氏物語》，外公曾對我說：「《源氏物語》相當於中國的《紅樓夢》。」1949 年後外公一直居住在上海最繁華的福州路和陝西南路，「最繁華處作閒人」，在鬧市中取靜，翻譯、畫畫、寫字，與兒孫們同歡共樂。

無題

〔唐〕李商隱

來是空言去絕蹤，月斜樓上五更鐘。

夢為遠別啼難喚，書被催成墨未濃。

蠟照半籠金翡翠，麝熏微度繡芙蓉。

劉郎已恨蓬山遠，更隔蓬山一萬重。

註 釋

① 蠟照：指燭光。

② 籠：掩映。

③ 金翡翠：飾以金翠的被子。

④ 麝：麝香，代指香薰氣。

⑤ 度：透過。

⑥ 繡芙蓉：繡以芙蓉的帷帳。

⑦ 劉郎：傳說中東漢時劉晨、阮肇兩個人在山中採藥時的豔遇，後來用這個典故來代指豔遇。

⑧ 蓬山：傳說中的蓬萊仙山。

評 述

　　李商隱，字義山，號玉谿生，晚唐著名詩人，與杜牧合成「小李杜」。在古人的評價裏，這曾是一首政治隱喻

詩，是李商隱埋怨令狐綯不了解自己「陳情」的意思。但是
也有不少專家認為這樣解詩，把本來深刻複雜而又朦朧淒
美的意象解簡單了，這首詩的抒情主人公當是一位思念遠
方戀人的女性。全詩圍繞着首聯中的「來是空言去絕蹤」一
句展開。抒情主人公說：當初離別之時，曾許下諾言，而
今一去卻杳無蹤影，山盟海誓都成了空。思念使我失眠竟
夜，一直到五更鐘聲響起。頷聯說夢中遠別，不禁悲啼，
但卻由於鬱結於心，反而哭不出聲來；發現匆忙間給對方
所寫的書信，墨汁卻並未研弄。頸聯堆疊了「蠟照」「金翡
翠」「麝熏」「繡芙蓉」四個意象，是對抒情主人公身邊環境
的細緻刻畫：殘存的燭光半透進用金線繡成翡翠鳥圖案的
帳幔之中，芙蓉繡被上若隱若現地浮動着麝香的氣息。此
刻，抒情主人公的夢境與觀察交織在一起，難分夢醒。這
些意象中的愛情暗示意味給了讀者無限遐想的空間。尾聯
中反用人盡皆知的劉郎典故，表示：劉郎已經為蓬山的遙
遠而悵恨了，我的真情卻隔着千萬重蓬山而難以飛渡呢？
豈不是比劉郎更難嘛？末句「恨蓬山遠」，正與主題「遠別」
相呼應。首尾回環，曲盡渾融之美。

暖暖流水武陵溪　洞裏春光長日月遲　紅英滿地無
人掃　此度劉郎去後速　行之斷之清泠淺香風引到
神仙飯罷遊渓一飲覺身輕玉砌雲房瑞煙暖
煙暖武陵晚園裏春長花爛漫江英滿地溪
泝溪斷聽雲中雞犬劉郎迷路香風遠誤
到蓬萊仙館

山中方七日，世上已千年

　　小時候外公講的劉晨和阮肇的故事令我記憶深刻。古代有一天，劉晨和阮肇進深山迷路了，過了十多天，他們帶的糧食吃完了，眼看要餓死，忽然看見半山腰的一株桃樹上結了好多大桃，他們竭盡全力，爬上半山吃了桃，體力略微恢復，下山到清澈的溪邊喝水。忽然發現水邊有兩位少女，並皆姝麗。見了他們笑着說：「二位郎君來了？」彷彿早已認識一般，又問：「來何晚邪？」因邀還家。當晚來了一羣女孩子，皆二八（十六歲）妖姬，大家喝酒作樂鬧新房，劉、阮二人又驚又喜，晚上半推半就和兩位少女成了親。過了十來天，劉、阮二人思鄉心切：「不疑靈境難聞見，塵心未盡思鄉縣。」女子說：「既然你們已經到此仙境，何必思念塵世？」於是留二人又在這仙境中，一直待到來年春天，百鳥啼鳴，劉、阮更懷悲思，求歸甚苦。兩位女子長歎一聲，又招來那幾十位女孩子，集會奏樂，共送劉、阮。

　　外公曾書寫過一首鄭僅的《調笑轉踏》[1]，生動地描繪了劉阮誤遊仙境的故事：

溪溪流水武陵溪。洞裏春長日月遲。紅英滿地無人掃，此度劉郎去後迷。行行漸入清流淺。香風引到神仙館。瓊漿一飲覺身輕，玉砌雲房瑞煙暖。

1　豐子愷：《文人珠玉 —— 豐子愷手書詩詞長卷》，第359頁，上海譯文出版社，2016。

煙暖，武陵晚，洞裏春長花爛熳。紅英滿地溪流
淺，漸聽雲中雞犬。劉郎迷路香風遠，誤到蓬萊
仙館。

劉、阮和兩位仙女依依惜別，走了一段回頭望去，美
麗的少女不在了，只見雲海沉沉，洞天漸渺。他們走了好
久才出了山，卻發現「親舊零落，邑屋改異，無復相識」。
問了好久，才找到他們的第七世孫子。劉晨、阮肇大吃一
驚。街坊們回憶起多年前確有兩位太祖爺爺，有一次進山
後就一直杳無音信。這才是「山中方七日，世上已千年」。
劉晨、阮肇在家鄉怎麼也待不下去了，再度進山，遂不知
所終。

上中學後，母親教我李商隱的《無題》詩：「劉郎已恨
蓬山遠，更隔蓬山一萬重。」詩中的劉郎就是外公故事中
的劉、阮。宋祁曾寫過一首《鷓鴣天》：

畫轂雕鞍狹路逢，一聲腸斷繡簾中。身無彩鳳雙飛
翼，心有靈犀一點通。

金作屋，玉為籠，車如流水馬如龍。劉郎已恨蓬山
遠，更隔蓬山幾萬重。

其中「身無彩鳳雙飛翼，心有靈犀一點通」取自李商隱
的另一首《無題》詩：

昨夜星辰昨夜風，畫樓西畔桂堂東。身無彩鳳雙飛
翼，心有靈犀一點通。

隔座送鉤春酒暖，分曹射覆蠟燈紅。嗟余聽鼓應官
去，走馬蘭台類轉蓬。

「車如流水馬如龍」則引自李煜的《憶江南》：

多少恨，昨夜夢魂中。還似舊時遊上苑，車如流水
馬如龍。花月正春風。

這首《鷓鴣天》，雖多用前人詩句，但剪裁點綴自若天成。

著名物理學家愛因斯坦指出，在相對於我們地球高
速運動的系統中，例如超高速的宇宙飛船上所有的物理效
應、生物和生命過程都比我們緩慢，飛船上的時鐘也比我
們走得慢，稱為「愛因斯坦延緩」，這是「狹義相對論」的
重要結論。根據愛因斯坦的理論，如果一位年輕的太空人
乘坐宇宙飛船到太空翱翔，如果飛船速度極快，斗轉星
移，若干年後當他回到地球，會發現迎接他的是他的曾
孫輩。

其實，古代中國人早就想像不同的空間會具有不同的
時間尺度。《西遊記》中曾講到托塔李天王的義女老鼠精把
唐三藏抓到無底洞中，逼他成親，孫悟空打進洞中，拿了
女妖怪的牌位到天上玉皇大帝那裏去告李天王的狀，和天
王糾纏不清，此時太白金星勸孫悟空說：「一日官事十日
打，你告了御狀，說妖精是天王的女兒，天王說不是，你
兩個只管在御前折辨，反覆不已，我說天上一日，下界就
是一年。這一年之間，那妖精把你師父陷在洞中，莫說成
親，若有個喜花下兒子，也生了一個小和尚兒，卻不誤了
大事？」行者低頭想道：是啊！我離八戒沙僧，只說多時

203

飯熟、少時茶滾就回，今已弄了這半會，卻不遲了？也就是說：「天上一日，下界就是一年。」這是小說神話中的「時間延緩」，其延緩尺度大約是地上三百六十五（天）相當於天上一（天）。

　　劉晨、阮肇在仙女洞裏過了半年，人間已過了七代，如果一代是二十年，時間延緩的尺度差不多為 280：1。也就是說，中國古代其實並不承認時間的唯一性，而認為天上、仙境的時間比人間延緩大約三百倍！這延緩的尺度遠遠大於「愛因斯坦延緩」！可惜中國式的時間延緩並無科學的嚴格證明。

秋夕①

〔唐〕杜 牧

銀燭秋光冷畫屏②③，輕羅小扇④撲流螢⑤。
天階⑥夜色涼如水，臥看牽牛織女星⑦。

註釋

① 秋夕：秋天夜晚。

② 銀燭：銀色的燭台。

③ 畫屏：有畫的屏風。

④ 輕羅小扇：絲製團扇。

⑤ 流螢：飛動的螢火蟲。

⑥ 天階：宮殿台階。

⑦ 牽牛織女：牽牛星和織女星兩個星座，也指牽牛、織女
神話。

評述

　　杜牧，字牧之，京兆萬年人。晚唐詩人，著有《樊川
集》。他的《秋夕》是歷來稱賞的佳作。它的優點是構思精
巧，畫面唯美憂傷。《秋夕》描繪了一幅深宮秋怨圖：寂
寞的深宮裏，精美的銀色燭台閃爍着冷冷的燭光，映襯着
富麗堂皇的畫屏。一個宮女手持輕羅小扇撲打着飛動的螢
火蟲。秋節已至，人們早已丟掉了夏季不離手的團扇，而

宮女還隨身攜帶，隱喻着她遭嫌見棄的悲慘身世。螢火蟲出沒的宮殿，顯然很久沒有熱鬧過了，冷清蕭索得生出了流螢。宮殿的台階上夜涼如水，冰涼而淒冷。宮女百無聊賴，只得臥在階前，遙遙地看着牽牛、織女星。尾句畫龍點睛，既帶入了明亮而遼遠的宇宙視野，又烘托出宮女淒清乃至絕望的心境：牽牛、織女尚且有一年一度的聚會之機，自己卻要困守於深宮不得脫，不知何年何月才能重獲自由，追求自己的幸福生活。深宮秋怨，是古人經常歌詠的一個主題，內涵十分豐富。杜牧的這首《秋夕》捕捉到秋夜涼如水的典型環境中宮女撲螢、看星的典型場景，加以點染勾畫，使之成為中國詩歌史上不可或缺的一個經典意象，與牽牛、織女星一樣成為永恆。

外公也曾是天文愛好者

　　小時候我家住在上海虹口區。當年的路燈和弄堂裏的燈不多，沒有甚麼光污染。每天入夜，就可以看到滿天星斗。上海天氣炎熱，晚上有乘涼的習慣，搬一個竹牀（俗稱「竹榻」）到外面乘涼，周圍常有螢火蟲飛來飛去。我躺着搖扇子，觀看漫天的繁星。夏末秋初，在接近天頂處就可看到明亮的織女星和牛郎星。織女旁邊有四顆星呈菱形分佈，據說這是織布的梭子；牛郎星兩邊各有一顆小星星，相傳就是他和織女生的孩子。它們之間隔着乳白色的銀河。母親教我讀杜牧的詩《秋夕》，給我講牛郎織女的故事。

　　外公教我《古詩十九首》，裏面就有一首詩描寫牛郎星與織女星：

> 迢迢牽牛星，皎皎河漢女。
> 纖纖擢素手，札札弄機杼。
> 終日不成章，泣涕零如雨；
> 河漢清且淺，相去復幾許！
> 盈盈一水間，脈脈不得語。

　　這首詩已經把牛郎星與織女星形象化、人格化了。

　　傳說王母娘娘的外孫女織女和六位宮女洗澡，洗完後織女發現自己的衣服被牛郎偷去，沒有辦法，只得偷偷嫁給牛郎，生了一兒一女。後來王母娘娘知道了，一怒之下拔下髮釵在牛郎和織女間劃了一下，變成一條天河 —— 銀

209

河。從此牛郎織女再也不能相見。

因為牛郎深愛織女，經太白金星老人說情，王母娘娘這才允許他們每年七夕那天見一次面。有幾顆小星星橫跨銀河，據說喜鵲們被牛郎織女的愛情感動，搭了個「鵲橋」讓他們過河相會，這些星星的名字就是鵲橋。外公說，秦觀的《鵲橋仙》寫的就是這故事：

纖雲弄巧，飛星傳恨，銀漢迢迢暗度。金風玉露一相逢，便勝卻人間無數。

柔情似水，佳期如夢，忍顧鵲橋歸路。兩情若是久長時，又豈在朝朝暮暮。

讀初一那年，母親為我訂了《中學生》月刊，雜誌上每期刊登天文學家戴文賽先生寫的科普文章，介紹當月的天象。一月份的文章標題是《一月的星空》，二月的文章是《二月的星空》等，每期我都認真閱讀。到晚上就出去觀天象，認星星，興味無窮。

後來覺得每月一期不解氣，又從學校圖書館借到一冊北京大學陶宏寫的《每月之星》，這本書系統地講授天文知識。我一個月一個月地續借，後來索性就請在我們學校任語文教師的母親長期借出來。

在銀河上有五顆星星組成一個十字架，稱「北天十字架」，就是天鵝星座，活像一隻天鵝翱翔在銀河上。我告訴母親銀河是由許多像太陽一樣的恆星組成的，太陽不過是銀河系中普通的一員。母親聽我講銀河的故事，就教我范仲淹的詞《御街行》：

紛紛墜葉飄香砌。夜寂靜，寒聲碎。真珠簾捲玉樓空，天淡銀河垂地。年年今夜，月華如練，長是人千里。

愁腸已斷無由醉，酒未到，先成淚。殘燈明滅枕頭欹，諳盡孤眠滋味。都來此事，眉間心上，無計相迴避。

　　我覺得這首詞真美，就和母親說好，我看星星，請她教我和星星有關的詩詞。當時學校作業不多，下了課我抓緊把作業做完，晚上吃完飯就出去認星星，我周圍常常聚集了一羣小夥伴，聽我講天文知識和故事。

　　最近閱讀外公在三十歲時寫的《秋的星座及其傳說》，這篇優美的文章未刊入《緣緣堂隨筆》，我們都是最近才看到。外公準確地說出全天肉眼可見的星星一共5333顆，他不但描述了銀河，牛郎星織女星，還講述了昴星團、比鄰星南門二、天琴星座的環狀星雲，大熊星座、小熊星座、飛馬座、天鵝座、天箭座、山羊座、寶瓶座、雙魚座、白羊座……生動地介紹中國和西方有關星座和星宿的故事。

　　外公準確地說出離地球最近的南門二（比鄰星）距地球4.25光年，織女10.4光年[1]，牛郎13.6光年，天琴座的環狀星雲220光年，大熊星座的螺旋狀星雲1000萬光年！原來外公還曾是一位天文愛好者！

　　聯想起外公自稱他的心被四件事佔據了：「天上的神明與星辰，地上的藝術與兒童。」抗戰期間他把遵義的居

1　根據目前的研究，織女星和地球的距離為25光年。

所稱為「星漢樓」，取自南蜀後主孟昶的詞《玉樓春》中的「起來亭戶寂無聲，時見疏星渡河漢（銀河）」；聯想起他把上海的居所取名為「日月樓」，書房中懸掛着國學大師馬一浮書寫的對聯：「星河界裏星河轉，日月樓中日月長」；聯想起有一次跟隨外公旅遊，我凌晨起來看南方地平線上很低的南極老人星，外公也披了衣服出來和我一起觀看；聯想起我做完望遠鏡後，外公問我是否看得到火星的衞星，聯想外公建議我棄文從理考北大……大家都知道豐子愷是漫畫家、散文作家、書法家、翻譯家、音樂、美術教育家和裝幀設計家，可能很少有人知道，他還是一位天文愛好者！只是因為在浙江省立師範學校遇到恩師李叔同，外公「從此決心獻身藝術」，才成了近代少有的藝術全才！

江城子・密州出獵①

〔北宋〕蘇 軾

老夫聊發少年狂，左牽黃②，右擎蒼③，錦帽貂裘④，千騎卷平岡⑤。為報傾城⑥隨太守，親射虎，看孫郎⑦。

酒酣胸膽尚開張，鬢微霜，又何妨？持節⑧雲中，何日遣馮唐⑨？會挽⑩雕弓如滿月，西北望，射天狼⑪。

註 釋 . . . .

① 密州：今山東諸城。

② 黃：黃犬。

③ 蒼：蒼鷹。

④ 錦帽貂裘：錦帽，漢羽林軍戴錦蒙帽。貂裘，貂皮製成的衣裘。

⑤ 平岡：指山脊平坦處。

⑥ 傾城：指全城觀獵的士兵。

⑦ 孫郎：孫權曾於凌亭親自射虎，此處為作者自指。

⑧ 節：符節。

⑨ 馮唐：馮唐曾奉漢文帝命，持節復用魏尚為雲中太守。

⑩ 會：當。

⑪ 天狼：天狼星，古代以其主侵掠。此處以天狼喻西夏。

評述 ··

　　這首詞作於宋神宗熙寧八年（1075）蘇軾出任密州之後。自信豪放的性格，讓蘇軾在官場屢受挫敗，這是他漫長貶謫旅途中的一環。但來自外界的這些麻煩並沒有太影響他，他總能在柔軟的心中找到扶持精神的支點，而且他那報國立功的夙願從未立即泯滅，一直縈繞在他心頭。熙寧三年（1070），西夏進攻環、慶二州，西北較為緊張。這就是這首詞的時代社會背景。也許這僅是蘇軾偶然散發的一次豪興，也正是他報國夙願的體現。上片塑造了一位勇猛的將士形象，且具體寫其裝束「錦帽貂裘」，且巨細靡遺地寫動作「牽黃」「擎蒼」，又以「親射虎，看孫郎」收束，極盡豪情。如此還不夠，下片接着寫狂飲烈酒，又把時間給人的摧殘也拉過來寫，縱使「鬢微霜」，這又如何呢？胸中的凌雲壯志早已越過時光，他頭腦裏全是馳騁戰場的豪邁，沉澱在心底的也只是滿月雕弓，眼神也如同弦上的箭，直奔天狼星而去。這首詞通過幾個具體的動作，彰顯了作者的豪放英氣，浩浩蕩蕩，無可阻擋。

西北望，射天狼

　　初一初二那兩年，到外公家我也常常講天文故事。那時候外公借住在福州路，是上海最熱鬧的地方，周圍都是樓房，看不到星星，夜裏我就和小舅爬到三層閣樓房頂上去看天狼星。三月份從獵戶座的腰帶畫一條延長線，遇到的第一顆大星就是天狼星，學名大犬星座 α，中西方命名居然不謀而合。天狼星是天空中最亮的恆星。

　　第二天外公就教我們蘇軾的《江城子》：「會挽雕弓如滿月，西北望，射天狼。」外公說，自古天狼星「主侵掠」。《楚辭》中也有「舉長矢兮射天狼，操余弧兮反淪降」的句子。屈原所謂的「弧」，弧矢就是弓和箭，由天狼下面的九顆星組成，很像一把弓箭，箭矢方向直指天狼星。屈原痛恨奸臣誤國，發誓要和他們鬥爭到底。

　　北宋從仁宗到神宗時期，主要的外患是北方的遼和西北的西夏。當年蘇東坡正在密州（今山東諸城）任知州，他支持王安石變法，憂患北方外敵，但願以雕弓射殺北狄蠻夷。

　　抗戰期間，民眾把敵寇比作天上的「妖星」，外公就畫了《夜來試上城頭望，何處妖星巨若輪》等抗戰漫畫。

　　1844 年，德國天文學家貝塞爾（Bessel）發現天狼星的行蹤不規則，每天經過天空子午線（從北到南經過天頂的經線）的時刻總有點誤差，他設想如果天狼星是一顆雙星，天狼和它的伴星繞着它們的重心，每五十年轉一圈，就可以解釋上述的誤差。1862 年，美國天文學家克拉克（Alvan Clark）用他研製的 18 吋（約半米）直徑的反射式天

文望遠鏡偶爾對準天狼星時，果然發現它的伴星，這是一顆7等星。天文學家把星星的亮度分等，1等星比2等星亮2.5倍，2等星比3等星亮2.5倍，以此類推。天狼星為 —— 1.6等，織女星為0等星，肉眼能看見的最暗的星星為6等星。0等星比6等星大約亮250倍。

目前已能精確測定天狼星及其伴星的距離，相當於太陽和天王星的距離，天狼星和它的伴星繞共同的重心每四十九年轉動一圈。這是一個著名的例子，表明基於萬有引力的理論計算可以發現新的天體。此後的研究發現天狼星的伴星是一顆「白矮星」，密度極大，一小酒杯的物質重一噸。如果有朝一日人可以乘宇宙飛船到天狼伴星上去，他的體重會變成4000噸，他的骨骼會被自身的重量壓得粉碎！

聽完我講的天狼伴星的故事，小舅舅（豐新枚）、小姨（豐一吟）都覺得新鮮，外公也常常摸着鬍子點頭。讀高一時我不再滿足天文書上的知識，和同學做天文望遠鏡，又打算做一份「恆星表」，把星星的亮度、星等這些參數編進去。那時候還沒有學對數，只知道相差一個星等，亮度相差2.5倍，但精確到小數的星等的亮度比就算不出來。那次外公帶我去杭州，外公說你不妨問問軟娘姨（豐寧馨，我的二姨，時在杭州大學教數學）。接到我的信，第二天軟娘姨就來了，告訴我1等星比1.1等星亮1.09倍，1等星比1.2等星亮1.09的平方倍，如此等等。我高興極了，當天在旅館裏就開始計算整理我的「恆星表」，我自己又把上面的比例精確到1.096。

高三下學期文理分科時外公鼓勵我學物理考北大，我不知道是否從初中開始，外公就一直在關注我的興趣愛好。更沒有想過，外公自己是否也曾愛好天文。

醉蓬萊·漸亭皋葉下

〔北宋〕柳　永

漸亭皋葉下，隴首雲飛①，素秋②新霽。華闕③中天，鎖葱葱佳氣。嫩菊黃深，拒霜④紅淺，近寶階香砌。玉宇無塵，金莖⑤有露，碧天如水。

正值昇平，萬幾⑥多暇，夜色澄鮮，漏聲迢遞。南極星中，有老人呈瑞⑦。此際宸遊，鳳輦⑧何處，度管弦清脆。太液波翻，披香簾捲，月明風細。⑨

註釋

① 漸亭皋葉下，隴首雲飛：化用南朝梁柳惲《搗衣詩》「亭皋木葉下，隴首秋雲飛」成句。亭皋，近水處的高地。隴首，田野間。一說為隴首山，在今陝西、甘肅交界處。

② 素秋：即秋季。秋季盛行西風，西方在五行中屬金，色尚白，故稱金秋或素秋。

③ 闕：古代宮殿、壇廟、陵寢門前左右各起高台，上有樓觀，以二高台之間有空缺，故名。

④ 拒霜：木芙蓉之別名，以其秋季開花而耐寒，故名。

⑤ 金莖：《三輔黃圖》載，漢武帝在建章宮高台上以銅鑄仙掌擎金盤承接雲露。金莖即指此銅柱。

⑥ 萬幾：指帝王日常處理的紛繁的政務。

⑦ 迢遞：遙遠的樣子。

⑧ 宸遊：帝王之巡遊。

⑨ 鳳輦：皇帝的車駕。

評述

　　這首詞為柳永自製曲，內容為歌頌北宋太平盛世。詞上闋寫京城秋天皇宮中的美麗景象，下闋則寫當朝皇帝的清明統治。詞句極盡華麗，摹寫皇帝宮闕之豪華壯麗。秋日雨後放晴，山野中雲霧飄動。帝闕高聳入雲、擎入中天，籠罩一片祥瑞之氣。石階之上，黃花堆積，晨霜鋪撒，芙蓉花淺紅淡淡，台階上芬芳飄蕩。皇宮中纖塵不染，銅柱之上，有露凝結，望碧空如洗。時值太平，盛世非常，帝王勤政，治國有方，天上才有這老人星出現。只聽漏聲自遠處傳來，伴着清脆的弦管之聲，皇帝巡遊，輦車在何處呢？此際，太液池波翻浪湧，披香殿簾幕高捲。清風徐來，月色澄明。據宋人王闢之《澠水燕談錄》記載，仁宗皇祐年間（1049-1054），司天台奏有老人星出現，朝野祝為祥瑞。皇帝近臣史某，愛惜柳永的才學，讓柳永寫了這首《醉蓬萊》進獻給皇帝，但頭一句的「漸」字，就讓仁宗不快——《書‧顧命》有「疾大漸」之語，意為病情加劇，進入彌留之際，故被皇帝認為不是吉祥的話。而「此際宸遊，鳳輦何處」一句，又和仁宗悼念真宗的輓詞偶合。最後「太液波翻」徹底惹怒了仁宗，皇家御苑太液池中翻起波浪，是江山不穩的隱喻，仁宗將詞擲於地下，柳永的仕途就這樣徹底斷送了。柳永這首詞雖然詞藻華美，但作為應制作品確有忌諱之處，這首詞也成了柳永命運的轉折點。

南極老人星

　　天空中最亮的恆星是天狼星，第二顆亮星就是南極老人星，位於天狼星南面偏西。小時候看《西遊記》，對這顆南極老人星非常好奇。《步天歌》中描述「有個老人南極中，春入秋出壽無窮」。由於這顆星的緯度太低，在北緯三十五度（秦嶺、淮河一線）以北完全看不到，在北緯三十度以南，老人星離地平線大約七度，觀察也不易。到廣東一帶看，老人星離地平線大約十二度。老人星的實際亮度可能與參宿七（獵戶座β）差不多，也可能比參宿七更亮。在古代，老人星的出現象徵太平盛世，皇帝萬壽無疆。

　　聽我講南極老人星，外公說北宋著名的詞客柳永寫過一首《醉蓬萊》，其中有「南極星中，有老人呈瑞」。柳永是一位風流詞客，他既寫「雅詞」，例如《望海潮》「東南形勝，三吳都會，錢塘自古繁華」。又寫了許多所謂「俚詞」，近距離、不加修飾地描繪市井生活和男歡女愛。柳永和歌妓們合作，寫完詞就由歌妓吟唱，他再依據演唱的效果加以修改，因此他的詞非常協律，又通俗易懂：「今宵酒醒何處，楊柳岸曉風殘月」「針線閒拈伴伊坐」「有三秋桂子，十里荷花」，受到市井百姓們的歡迎，有一位從西夏歸來的官員說：「凡有井水飲處，即能歌柳詞。」說明柳詞傳播之廣。但晏殊這些士大夫高官看不起他。

　　北宋的都城汴京位於淮河以北，老人星難得一見。外公說，有一次管天象的太史上奏老人星出現了，宋仁宗大喜，下旨主管詞臣寫樂章慶祝。這類下旨填寫的詩詞，稱為「應制」詩（詞）。當時柳永的名氣大，內侍就去找柳永

223

寫詞。柳永也希望升官，為皇帝寫詞無疑是個難能可貴的機會，就用心寫了這首《醉蓬萊》，由內侍呈奏。這首詞處處歌功頌德，極寫宮中秋景和太平盛世。但柳永畢竟是一位放蕩不羈的詞客，又喜歡賣弄，他的詞風在不知不覺間顯露出來。仁宗見到第一個「漸」字，就不大高興。讀到「此際宸遊，鳳輦何處」，與當年弔唁宋真宗的輓詞暗合，很是傷心。當讀到「太液波翻」，仁宗就問為甚麼不用吉利的「太液波澄」？仁宗本來就「留心儒雅」，欣賞雅詞，並不喜歡柳永這樣的風流詞客。仁宗對這首應制詞百般挑剔，最後把詞丟到地上，決定「自此不復進用」，讓柳永「且去填詞」。這首詞的創作，對柳永來說本是一個機遇，或可多少改變其多舛的命運。但柳永狂放不羈的氣質，加上他賣弄才華，使得這一次千載難逢的機遇與他擦肩而過。當然，但這並未影響柳永在北宋詞壇上的地位。

　　春夏秋三季，特別是夏季，晚上滿天星斗，我們常常到外面看星星，但在上海市區，總有房屋和燈光，完全看不見老人星。記得有一年外公帶我去旅遊，當時天氣晴好，能見度極高，根據天文書籍中的星空圖，那幾天南極老人星緯度較高，我就計劃明天一早起來看，還給外公講南極老人星的事。第二天我在凌晨起來，果然在地平線附近看見相當明亮的老人星，我不禁歡喜雀躍。想不到外公跟我出來，把一件衣服披在我身上，一面問我：「菲君，看見老人星了嗎？」我立即指給外公看，記得他用兩個指頭比劃了一下，現在回想起來，好像是在估算星星的緯度。第二天旅遊時，外公繼續饒有興趣地聽我講老人星，還有那顆更加靠南、江浙一帶看不見亮星南門二，外公居然知道它叫比鄰星。外公又說，古代南極老人星是吉祥、福氣

的星星。

不久後我參加高考前的上海市模擬考試，400分滿分，我考出391分的高分，又順利考上第一志願北大物理系。當時我在高三（3）班，高三（1）班有好幾位優秀的同學報考北大物理竟一位也沒錄取。我想我的命真好，會不會是南極老人星暗助？

參加工作多年後回到北大物理系講課，一位老師告訴我，當年我的高考成績非常好，但我有一位遠親在台灣，我算「台屬」。這在當年，算政治條件不符合北大清華的錄取要求。北大物理系赴上海招生小組的組長看了我的檔案說：「這麼優秀的學生不錄取，我們北大物理系還辦不辦了？」他做主把我這名成績優秀、「政治條件不合格」的考生破格錄取了。但凡他堅持原則，「不復進用」，第一志願不錄取，我就不知道會掉到第幾志願，不知會上哪個大學，我的人生道路就會完全不同。

上世紀九十年代到神農架開會，晚上滿天星斗，銀河看得非常清楚，可惜時令不對，未見到老人星。2019年春節到泰國普吉島旅遊，這裏位近赤道，晚上我一眼就從繁星中認出格外明亮的老人星！還看到了比鄰星南門二。五十五年過去，總算如願以償！望着這南天的滿天星斗，想想外公早已作古，人生真是無常！

慶春澤・紀恨

〔清〕朱彝尊

橋影流虹，湖光映雪，翠簾不捲春深。一寸橫波，斷腸人在樓陰。遊絲不繫羊車住[①]，倩何人、傳語青禽[②]？最難禁。倚遍雕闌，夢遍羅衾[③]。

重來已是朝雲散，悵明珠佩冷，紫玉煙沉[④]。前度桃花[⑤]，依然開滿江潯。鍾情怕到相思路，盼長堤、草盡紅心[⑥]。動愁吟。碧落黃泉[⑦]，兩處誰尋。

註 釋

① 羊車：古代裝飾精美的車子。《晉書・衞玠傳》：「（衞玠）風神秀異⋯⋯總角乘羊車入市，見者皆以為玉人。」

② 青禽：傳說中王母的傳書青鳥。

③ 羅衾（qīn）：綢緞被褥。

④ 明珠佩冷，紫玉煙沉：明珠佩冷，《列仙傳》：「鄭交甫至漢皋台下，見二女佩兩珠大如荊雞卵，二女解與之。既行，及顧二女不見，佩珠亦失。」紫玉煙沉，《搜神記》：「吳王夫差小女名紫玉，悅童子韓重，私許為妻。王不與，玉結氣死。重遊學歸⋯⋯欲抱之，玉如煙而沒。」

⑤ 前度桃花：取崔護《題都城南莊》詩意，謂人事變幻。其詩云：「去年今日此門中，人面桃花相映紅。人面不知何處去，桃花依舊笑春風。」

⑥ 草盡紅心：《異聞錄》：「王出夢侍吳王，聞葬西施，生應教為詩曰：滿地紅心草，三層碧玉階。春風無處所，淒恨不勝懷。」

⑦ 碧落黃泉：碧落，道教語，天空。黃泉，地下的泉水，代指陰間。

評述

　　朱彝尊（1629-1709），字錫鬯，號竹垞，浙江秀水（今浙江嘉興）人。清康熙十八年（1679）舉博學鴻詞，授翰林院檢討。與陳維崧齊名，並稱「朱陳」。開創浙西詞派。著有《曝書亭集》等。

　　這首詞詞牌有作者小序云：「吳江葉元禮，少日過流虹橋，有女子在樓上，見而慕之，竟至病死。氣方絕，適元禮復過其門，女之母以女臨終之言告葉，葉入哭，友人為作傳，余記以詞。」小序說明了朱彝尊寫這首詞的緣起，是紀念葉氏與女子感天動地的愛情。起筆寫此事經過，流虹橋上，葉元禮走過，春日翠簾半攏。一女子偶然瞥見，情不知所起，徒然腸斷。遊絲如何能繫住那裝飾精美的車子？誰能把我心裏的話捎給傳說中能夠傳書的青鳥啊？深情難訴，拍遍闌干，輾轉反側，難以入眠。朝雲已散盡，想起明珠佩冷、紫玉煙沉的舊事，不住慨歎。舊時桃花，江畔依然開滿。鍾情人最怕再到情之所起處，唯盼望長堤長滿紅心草，吟唱憂愁。生死異途，該去哪裏找尋呢？

鍾情怕到相思路

《慶春澤·紀恨》這首詞是母親教我的，當時我正在讀
高中，母親說這首詞記錄的是一個感人的暗戀故事。《續本
事詩注》對這個故事有生動的描寫：

> 葉舒崇元禮，美豐姿。少日隨其兄過流虹橋，
> 有女子在樓上，見而慕之，問其母曰：有與葉九秀
> 才偕行者，何人也。母漫應之曰：三郎也。女積思
> 成疾，將終，語母曰：得三郎一見，死無恨矣。女
> 卒，元禮適過其門，母以女臨終之言告，元禮入
> 哭，女目始瞑。

當時我學了這首詞，深深地為這位暗戀少女的真情震
撼，當她熱戀的書生第一次踏進她的家門時，她已經為愛
殉情了。母親又說：凡是寫得深刻的傳世小說，幾乎都是
悲劇，「愛和死是永恆的主題」，母親熟讀《紅樓夢》，她
說，《紅樓夢》中的好幾位女子也都是為愛殉情，既有小
姐，也有丫鬟：尤三姐、晴雯，還有林黛玉。母親又介紹
我讀屠格涅夫的《初戀》。

外公二十餘歲到日本留學，在返回上海的輪船上，開
始翻譯屠格涅夫的《初戀》。這本中英對照讀物 1931 年由
開明書店初版，多次再版。外公說，翻譯這本書，也是他
自己文筆生涯的「初戀」。

屠格涅夫創作的這個愛情故事情節曲折，感情纏綿悱
惻，少年主人公見到初戀情人蕊娜伊達時激動、羞怯、緊

張、幸福、妒忌，與這位美貌的少女對主人公少年完全不在乎形成強烈的反差，而蕊娜伊達執着地欣賞、追求的，卻是風采、自信、有氣質的成熟男性，她追求這種不受傳統約束的熱烈、自由、真摯的愛情，願為愛情獻身。而給她帶來無窮的痛苦、最終撕裂這位少女的心的初戀情人，卻偏偏是少年主人公的父親，這是一個一開始就注定是悲劇的愛情故事。與其說這部中篇小說描寫男主人公的初戀，不如說它在細微地、刻骨銘心地描寫少女蕊娜伊達的初戀。

外公的譯文非常流暢、優美，譯文隨着原著的情節起伏跌蕩，更像是原創小說，完全看不出翻譯的痕跡，是上世紀三四十年代的暢銷讀物。我手頭有一本 1947 年的第十版《初戀》，是母親讀過多遍後留給我的，紙張已經完全發黃，還留着母親的註釋和我自己的註釋。

我曾多次重讀《初戀》，主人公（我想，也許就是作者屠格涅夫自己）對於這初戀悲劇的結局有精彩的解讀：

So this was the solution, this was the goal to which that young, ardent, bright life had striven, all haste and agitation.（這便是解決，這便是青春的，熱烈的，光彩的生命所匆匆忙忙地趕到的決勝點）。讀到這裏，未免掩卷改容，不忍卒讀，未免一次又一次地為蕊娜伊達的悲劇惆悵、傷感、唏噓不已。這才是「鍾情怕到相思路」，這才是「世間兒女，寫入琴絲，一聲聲最苦」（姜夔《齊天樂》）。

2017 年，中國青年出版社出版了屠格涅夫的《初戀》（豐子愷譯註），這是這本書 1949 年後第一次在大陸出版。我為這本書寫了「後記」。

對於學習英語，外公認為「把英語研究只當作一種技

巧，或一種應酬的工具，或商業的媒介物，而疏忽了文學方面的研究，就永遠不能理解英語」，就永遠不會理解英美民族的民主和自由。外公主張讀英文原著，他曾經說過：「一民族的思想精華，藏在這民族的文學和詩裏。」他引用過一句格言：「To understand everything is to pardon everything.」意即只有全面深入了解一個民族，才能真正學會如何和他們交流相處，最終和他們成為朋友。

最近，我把外公翻譯《初戀》的往事，和這本書即將重新出版的消息，告訴我的美國朋友克利夫・沃倫（Cliff Warren），他聽了也非常感慨，就把他自己圖書館中的藏書 *The Vintage TURGEHEV*（英文版《屠格涅夫選集》，1950年出版）送給我，其中就有 *The First Love*（《初戀》）。

多年來，在緊張工作之餘，在出差出國的飛機上，我常帶的兩本書，一本是《白香詞譜箋》，另一本就是《初戀》。我想，讀者們閱讀此書，在為這初戀的愛情悲劇動容時，更能欣賞到原文（英譯文）和中譯文的優美，每次閱讀都會是一種享受。

雜詩·其一

〔東晉〕陶淵明

人生無根蒂①，飄如陌上塵②。

分散逐風轉，此已非常身。

落地為兄弟，何必骨肉親。

得歡當作樂，斗酒③聚比鄰④。

盛年不重來，一日難再晨。

及時當勉勵，歲月不待人。

註 釋 ···

① 根蒂：根和蒂。蒂，瓜果與莖連接處。

② 陌上：泛指道路。

③ 斗酒：一斗酒。

④ 比鄰：鄰居。

評 述 ···

　　陶潛，字淵明，又字元亮，世稱「靖節先生」。東晉潯陽柴桑（今江西九江）人，大詩人、辭賦家。他的《雜詩》共十二首，這是其中第一首。大約作於晉安帝義熙十年（414）。這時的陶淵明辭官歸田已經八年。他將人生的許多感悟寫在這組《雜詩》中，用明白如話的詩意語言，將深奧

的人生哲理表達出來。這首詩開篇即感慨人生下來就是漂泊無依的，命運不可琢磨，也把握不定，遭逢亂離之後，我們都已經不再是本來的那個自己了。常身即常住之身，佛教思想中永恆不變的那個出塵離垢的法身。詩人第一層突出了人生在世的漂泊不定，第二層則強調了世間不必兄弟才算至親，有道是遠親不如近鄰，與鄰里得意須盡歡也是一樣，似乎是在強調及時行樂。最後第三層意思轉向了人生在世時間寶貴，一天不可能重新回到早上，人生也不可能重回少年，應該用在有意義的事情上，及時勉勵，歲月不待。整首詩，語言明白曉暢，第一層意思的漂泊感，第二層意思的及時行樂，都在第三層意思的勉力而為中得到了確認和昇華。用詩歌表達哲理，陶淵明繼承了東晉時期的玄言詩，並對其進行了系統性的改造與創新。因而他的《雜詩》讀來令人不覺枯燥，深刻的生命哲學也就愈加沁人心脾，百代常新。

外公建議我學物理

　　當年我在復興中學讀書的時候興趣很廣泛，既喜歡數理，又向外公學美術速寫，學古文詩詞，還是一名天文愛好者。高一的時候，根據物理教科書中非常有限的光學知識，我和同學一起到虯江路舊貨攤上購買了一塊直徑約100毫米、焦距不到1米的平凸透鏡當物鏡，用幾塊放大鏡當目鏡，用紙糊了一個鏡筒，製成了一個開普勒天文望遠鏡。用這具簡陋的望遠鏡，我們居然看到了木星的四顆衛星、土星的光環、內行星金星的盈虧，還能清晰地看到月球表面的環形山。我們這些中學生當時都異常興奮，我就一五一十告訴了外公。他聽了也很高興，根據我描述的情形，當時揮毫作畫送給我，並題詩一首：

　　自製望遠鏡，天空望火星。仔細看清楚，他年去旅行。

　　這幅畫後來在上海《新民晚報》發表。外公又寫了一個條幅送我：

　　盛年不重來，一日難再晨。及時當勉勵，歲月不待人。

　　這四句詩選自陶淵明的《雜詩》。

　　高三那年學校文理分班，我既喜歡中文，又向外公學了三年素描，且又熱愛數學、物理，到底報上海美院、中

央美院，還是讀數理化，拿不定主意，第二天就得最後決定報文科還是報理工科了，於是就去徵求外公的意見。記得那一天外公在「日月樓」的陽台上，他端着一杯茶來回踱步，一面吟誦他最喜歡的詩：

誰解乘舟尋范蠡，五湖煙水獨忘機。

聽了我的困惑，外公喝了一口茶對我說：「我們家學文、藝術、外語的多，你的數理成績這樣好，又喜歡天文，我看不如去考北大學物理。」他對我說，物理不好學，但有志者事竟成。他還告訴我，他上初中時，數理學得很好，一直是班裏第一名。後來師從李叔同先生（即弘一法師），專心學美術音樂，數理成績才掉到二三十名。

聽了外公的話，我心中搖擺不定的天平立刻向理工科傾斜，上了理科班，又如願以償，第一志願考上北大物理系（第二、第三志願都是天文系）。我在北大物理系學習非常優秀，畢業後從事物理學的研究和光學工程、光學儀器的開發至今。我們研製、生產的光學系統，不知比當年的天文望遠鏡精了多少倍。特別是為歐美大公司研製的複雜、精密的光學系統，外商稱達到了「world wide top level」（國際先進水平），已成批出口。

外公於 1975 年去世，他的字畫和書信在「十年動亂」中大部散佚。最近，我有幸重新看到外公當年送我的畫和條幅的真跡，真是欣喜萬分。我這才想到原來我一直在有意無意地沿當年外公指示我的方向往前走。

2005 年在聖地亞哥，美國國際光學工程學會（SPIE）主席授予我 Fellow SPIE（高級專家會員）證書。我是中國

大陸第七位獲此殊榮的光學專家。一直到如今，我仍在中科院做客座研究員，並主持美國委託的科研項目。2018年5月4日我寫完自己的第六本專著《近代光學系統設計概論》，那天恰是母校120週年校慶，那一年也正是外公120週年華誕。

回憶起來，發現我五十多年的研究生涯有一個重要的起點，就是當年自製望遠鏡之後外公送我的畫和條幅。

我想，這五十多年的經歷，也許就是我對母校、對外公最好的回報。至於外公為甚麼建議我棄文從理，是基於他講的簡單理由，還是像他的漫畫那樣「弦外有餘音」，就不得而知了。對於我，這是一個永遠解不開的謎。

盛年不重來 一日難再晨及
時當勉勵 歲月不待人

丁酉仲夏寫於
菲君 子瑄

揚州慢·淮左名都

〔南宋〕姜　夔

　　淳熙丙申至日①，余過維揚，夜雪初霽②，薺麥彌望③。入其城，則四顧蕭條，寒水自碧，暮色漸起，戍角悲吟④，予懷愴然⑤，感慨今昔，因自度此曲⑥。千巖老人以為有《黍離》⑦之悲也。

淮左名都⑧，竹西佳處⑨，解鞍少駐初程。過春風十里，盡薺麥青青。自胡馬窺江去後，廢池喬木⑩，猶厭言兵。漸黃昏，清角吹寒⑪，都在空城。

杜郎俊賞⑫，算而今、重到須驚。縱豆蔻詞工⑬，青樓夢好，難賦深情。二十四橋仍在，波心蕩、冷月無聲。念橋邊紅藥⑭，年年知為誰生。

註　釋 ·······························

① 淳熙丙申至日：南宋孝宗淳熙三年（1176）。至日，冬至。

② 霽：雨雪停止。

③ 彌望：滿眼。

④ 戍角：駐防軍隊的號角聲。

⑤ 愴然：悲傷。

⑥ 千巖老人：南宋詩人蕭德藻，字東夫，自號千巖老人。
姜夔曾隨其學詩。

⑦ 《黍離》：《詩·王風》篇目，周大夫過西周故都，見宗廟
坍毀，為禾黍所掩沒，遂巡不忍離去，作此詩。後世多
以「黍離」表達故國之思。

⑧ 淮左：指淮河以東。

⑨ 竹西：唐·杜牧《題揚州禪智寺》詩：「誰知竹西路，歌
吹是揚州。」後人因於其處築竹西亭，又名歌吹亭，在
揚州府甘泉縣（今江蘇省揚州市）北。

⑩ 胡馬：指胡人的軍隊。

⑪ 清角：清越的號角。

⑫ 杜郎俊賞：杜郎，杜牧。俊賞，清賞俊逸。

⑬ 豆蔻：植物名。多年生草本植物。葉大，披針形，花淡
黃色，果實扁球形。南方人取其尚未大開的，稱為含胎
花，以其形如懷孕之身。詩文多用以比喻少女。

⑭ 紅藥：芍藥花。

評述

　　姜夔（1155-1221），字堯章，號白石道人，鄱陽（今屬
江西）人。南宋文學家。於詞境頗多開新，獨創一格。一
生未仕，以布衣終老。通音樂、擅填詞。著有《白石詩集》
《白石道人歌曲》等。儘管姜夔一生未仕，但他對南宋朝廷
仍懷深沉的憂慮。淳熙三年，姜夔客遊揚州，城外滿眼蕎
麥。入城中，凋敝破敗，觸目淒涼，暮色中悲涼的戍邊軍

號角又起，愴然悲戚。上闋即寫過揚州及進入城中的悲涼見聞。以「名都」「佳處」起，卻以「空城」收，頗多今昔之感。轉而生出懷古之憂思，聯想起杜牧有名的揚州詩，若他重來此處，見這廢池空城，縱然豆蔻詞工、青樓夢好，也再難吟出那些深情婉麗的詩句了。眼前有的只是這一彎冷月，一潭寒水，還有那昔日的二十四橋，橋邊芍藥，花開依舊，此地無人，獨自落寞。「二十四橋仍在」及「念橋邊紅藥」二句尤工，其中慘淡悲戚，纏裹彌漫，牽動心緒，後世推崇備至。

我的揚州夢

　　盼着到揚州一遊，我已盼了好幾十年，2009 年 4 月中旬，在揚州附近工作的大學同學盧遷、梅婭的再次建議之下，總算下了決心，平生第一次休年假，和妻子麗君一起去揚州遊覽。

　　我盼望遊揚州，與其說是去覽勝，不如說是尋夢。我十多歲就會背誦杜牧的名篇：「青山隱隱水迢迢，秋盡江南草未凋。二十四橋明月夜，玉人何處教吹簫？」後來又讀了李紳的「夜橋燈火連星漢，水郭帆檣近斗牛」，徐凝的「天下三分明月夜，二分無賴是揚州」，特別是姜夔的那首《揚州慢》，以當年杜牧所歷經的繁華和浪漫來反襯金兵南侵擄掠後揚州的淒涼和蕭索。我每次吟誦到「二十四橋仍在，波心蕩、冷月無聲」，就「掩卷改容」，覺得姜夔的詞優美、傷感，幾乎達到了詩詞藝術的最高境界。

　　晚上乘 Z29 次車，不過十個小時就到了揚州，這裏已看不到當年的酒肆青樓、歌台舞榭、喧鬧的市井，更沒有「高樓紅袖客紛紛」（王建《夜看揚州市》），沒有一點古城的味道。看到的只是鱗次櫛比的高樓（雖不如北京的樓那麼高），繁忙的超市，滿街滿巷的小汽車、出租車和匆匆往來的年輕人。這裏彷彿就是一個按比例縮小的北京。

　　不一會兒同學盧遷和梅婭兩口子就找到我們，一起遊二十四橋。公園很新很漂亮，但處處都可看出近代修繕的痕跡。記得六十多年前外公也曾反覆吟誦「二十四橋仍在」，專門到揚州來找大名鼎鼎的二十四橋，以滿足「懷古欲」。當時年輕的司機居然都不知道有二十四橋，在一位老

者的指引下到城外荒郊看到一個殘破的石拱橋，據說就是二十四橋，外公非常感慨，畫了幅畫還寫了篇文章，畫題就是《二十四橋仍在》。現在二十四橋真的變成大名鼎鼎的景點，已經和瘦西湖連成一片，都在城區內。

走了半小時望見一座橋，遠遠望去，和外公畫上的橋有點像。到跟前一看，卻有點令人失望。橋太新太華麗，完全缺少古樸的質地。倒是在橋邊發現毛主席書寫杜牧的詩碑，毛主席年輕時學過懷素和尚的狂草，他的字非常遒勁有力。不過在碑文下面的說明中說毛主席寫到「何」字就不知為何戛然而止，由他的祕書田家英續完了最後四個字「處教吹簫」。仔細看看確實不如毛主席的字大氣，不過敢續毛主席的字，學得像就大不易。

我在二十四橋附近到處看，始終未找到姜夔的《揚州慢》，二十四橋旁邊也沒有紅色的芍藥花，缺少了「念橋邊紅藥，年年知為誰生」的意境。

杜牧當年曾任淮南節度使衙門的祕書長（掌書記，類似於現在的祕書長），時在青樓教坊間冶遊，生活放蕩不羈，也頗受責備，後來有點後悔，寫了「十年一覺揚州夢」。不過杜牧的好詩大都是在他冶遊時寫的。此番遊歷，總算是親歷了「春風十里揚州路」，看到了「卷上珠簾總不如」的揚州瘦西湖，二十四橋仍在，夢醒之時，揚州還是留下了美好的印象。據說附近還有許多勝跡，就留待下次再來遊歷吧。

懷中詩①

〔清〕馬體孝

賦性由來似野牛，偶攜竹杖過江頭。

飯囊帶露裝殘月，歌板②臨風唱晚秋。

兩腳踏開塵世路③，一生歷盡古今愁④。

從茲不復依門戶，荒犬⑤何勞吠不休。

註釋

① 該詩作者向有爭議。據《(乾隆)鳳臺縣志》(乾隆四十九年刻本)，作者為馬體孝，字翁恆，清代乾隆年間山西澤州鳳臺人，諸生，後棄功名出外遊歷，乞討為生，凍餓而死於江淮。民國徐世昌所輯之《晚晴簃詩匯》卷九十九收此詩，題為《懷中詩》，作者馬體孝，詩句與《鳳臺縣志》稍異。本書所引據《晚晴簃詩匯》。

② 歌板：本指說書藝人歌唱時打節奏的樂器，此處指要飯時為引起人注意的板子。

③ 兩腳踏開塵世路：《鳳臺縣志》作「雙足踏穿塵世路」。

④ 一生歷盡古今愁：此句各本異文極多，如《鳳臺縣志》作「一身臥遍古荒丘」，不及豐先生所見句精彩。

⑤ 荒犬：《鳳臺縣志》作「蹻犬」，跳躍的狗，意涵更豐富。

評述 ∙∙∙

　　這首詩堪稱古今「乞丐詩」第一。前四句勾勒出一位
雖以乞討為生，但是志趣清高、情性恬淡的隱士形象：他
性不喜奔走於豪門貴室，甘於隱居村野。手提着一根竹杖
走遍四方。飯囊常空空如也，只得邊喝着西北風，邊打着
板子歌唱乞討。人不堪其憂，他卻珍視艱難生活中的美好
景致。這哪裏還是一首乞丐詩，分明帶有幾分柳永詞的格
調。後四句筆鋒一轉，訴說自家懷抱，更是豪邁風流：詩
人一生歷盡古往今來諸多愁苦，兩腳踏遍塵世間的經緯道
路，見多識廣，閱歷豐厚，同時暗示他的生命也悄然走
向盡頭。詩人孤傲清高的外表之下，隱藏着一副關懷民瘼
的熾熱心腸。關於該詩的作者，爭議較多。乾隆四十九年
（1784）刊刻的《鳳臺縣志》卷二十，作者為山西澤州的馬
體孝。豐先生從《隨園詩話補遺》中讀來的，讀的雖然不是
原詩，但《隨園詩話》中「一肩擔盡古今愁」一句，卻比原
詩高明得多。特別需要說明的是，從詩的出處與內容看，
此詩絕非袁枚本人的「絕命詞」，而是一首詩丐的遺作。

一肩擔盡古今愁

外公教我們的詩詞，取材很廣，其中包括袁枚的《隨園詩話》。對於這本書，外公有過精彩的評述：

詩話、詞話，是我近年來的牀中伴侶兼旅中伴侶。最初認識《隨園詩話》是在病中。這是一冊木版的《隨園詩話》，是父親的遺物。我向來沒有工夫去看。這時候一字一句地看下去，竟看上了癮，病沒有好，十二本《隨園詩話》統統被看完了。它那體裁，短短的，不相連絡的一段一段的，最宜於給病人看，力乏時不妨少看幾段；續看時不必記牢前文；隨手翻開，隨便看哪一節，它總是提起了精神告訴你一首詩，一種欣賞，一番批評，一件韻事，或者一段藝術論。若是自己所同感的，真像得一知己，可死而無憾。若是自己所不以為然的，也可從他的話裏窺察作者的心境，想像昔人的生活，得到一種興味。

凡作詩者各有身份，亦各有心胸。「留得六宮眉黛好，高樓付與曉妝人」是閨閣語，「莫向離亭爭折取，濃陰留覆往來人」是大臣語，「五里東風三里雪，一齊排着等離人」是詞客語，「天涯半是傷春客，飄泊煩他青眼看」是慈雲獲物之意，「不須看到婆娑日，已覺傷心似漢南」則明是名場耆舊語矣。

外公自己的一些漫畫的畫題也出自《隨園詩話》，例如《水藻半浮苔半濕，浣紗人去不多時》。

外公在浙江省立第一師範學校曾師從李叔同學習音樂和美術，畢業後，曾擔任春暉中學、立達學院的教師。抗戰時期外公在浙大講授「藝術概論」時，教室裏、走廊裏擠滿了學生，爭相一睹這位藝術大師的風采。成家後，作為父親，他努力工作，寫散文、設計封面、畫畫養活全家。

1933 年，外公完成其母親的遺願，在故鄉建造了「緣緣堂」。外公曾說過：「緣緣堂就建在這富有詩趣畫意而得天獨厚的環境中。運河大轉彎的地方，分出一條支流來。距運河約二三百步，支流的岸旁，有一所染坊店，名曰豐同裕。店裏面有一所老屋，名曰惇德堂。惇德堂裏面便是緣緣堂。」

外公自己說過：「我的心被四事所佔據了：天上的神明與星辰，人間的藝術和兒童。」作為慈父，他體察兒童的生活，以子女為模特，畫出了許多膾炙人口的兒童畫。為兒童生活寫照。《瞻瞻的腳踏車》《妹妹新娘子、弟弟新官人、姐姐做媒人》《阿寶兩隻腳、凳子四隻腳》《快樂的勞動》等成為家喻戶曉的兒童畫。2018 年豐子愷作品展，展出他為小兒子新枚（我的小舅舅）畫的連環畫《給恩狗的畫》，「10 後」的小朋友排着長長的隊，觀看、欣賞、臨摹豐子愷的畫。

在舊社會，作為富有正義感的現實主義畫家，作為有良心的藝術家，外公「當面細看社會上的痛苦相、悲慘相、醜惡相、殘酷相，而為它們寫照」。例如《都市奇觀》《榮譽軍人》《高櫃台》《腳夫》《鬻兒》《最後的吻》等，在社會各界引起巨大反響。

　　淞滬抗戰開始後，外公決心「寧當流浪者，不做亡國奴」，1937 年 11 月下旬，日寇以迂迴戰突犯杭州灣金山衞，外公倉卒辭緣緣堂，率親族老幼十餘人，帶鋪蓋兩擔，逃出火線，迤邐西行，經杭州、桐廬、蘭溪、衢州、常山、上饒、南昌、新喻、萍鄉、湘潭、長沙、漢口，桂林，遵義，最後到達重慶，在抗戰期間作為愛國的畫家，外公用他的「五寸不爛之筆」，控訴敵寇的暴行，討伐日本侵略者：「來日盟機千萬架，掃蕩中原暴寇，便還我河山依舊。」「誓掃匈奴，雪此冤仇。」

　　歷經八年的艱苦，外公愁白了頭。在 1944 年中秋外公曾寫過「七載飄零久，喜巴山客裏中秋，全家聚首」「今夜月明人盡望，但團圓骨肉幾家有，天於我，相當厚」。

　　1949 年後，作為人民的畫家，外公歌頌新社會，描繪祖國大好河山。作為周總理和陳毅副總理推薦的上海中國畫院首任院長，他盡職盡力，兼容並包，支持各畫派藝術的發展；作為全國政協委員，他為發展文藝事業獻計建言，得到政府各界的重視，受到周總理的接見。

　　作為恩師弘一法師的學生，外公豐子愷曾遵囑畫了 6 卷 450 幅護生畫，深刻表現出愛護生靈，人類與動物、人類與自然的和諧相處的精神。特別是第六卷，是在常人無法想像的困難條件下，於 1974 年在他的寓所「日月樓」中完成的。

　　「一肩擔盡古今愁。」畫完最後一幅護生畫一年後，1975 年，外公溘然長逝，走完了他七十八歲的人生之路。

　　2018 年是外公 120 週年華誕，在香港、杭州、桐鄉、北京和上海舉辦了六場豐子愷的作品展。展出繪畫、書法（包括長卷）、扇面、散文、裝幀設計、翻譯手稿等，繪

畫包括《古詩新畫》《護生畫集》《大樹畫冊》《給恩狗的畫》等，可以說是盛況空前。

2019 年 9 月 7 日，又在遵義舉辦「柳待春回 —— 豐子愷遵義執教 80 週年」書畫展，紀念外公抗戰期間在浙大執教。那一天，又恰逢父母親結婚 79 週年，我代表豐公家屬在會上致辭。

北京展會從 2018 年 10 月 25 日至 11 月 4 日在中國美術館舉辦。開幕式上從北京天使童聲合唱團一曲「長亭外，古道邊」天籟般的歌聲響起，十天內觀展人數超過八萬，展館外每天都排着長長的隊伍。這次展覽的觀展人數、踴躍程度超過了敦煌藝術展，也超過了故宮的《清明上河圖》和《千里江山圖》兩次大展。原中共中央政治局常委、國務院副總理李嵐清專程前來參觀展覽，還送來了他畫的豐子愷畫像。觀展的嘉賓中還包括四位中國科學院和中國工程院院士以及一大批物理和光學界的專家、教授，堪比物理學的年會。美術館說他們從未接待過這麼多的科學家。

我想，箇中原因，在於大家都敬仰豐子愷，都喜歡寥寥數筆就栩栩如生的子愷漫畫，都喜歡「小中能見大、弦外有餘音」的畫風、畫骨，都喜歡他那畫中有詩、詩中有畫的《人散後一鈎新月天如水》，都愛讀《緣緣堂隨筆》，都欣賞豐子愷那行雲流水、舒卷自如的書法，都愛看他翻譯的《源氏物語》《獵人筆記》⋯⋯參觀展會的，既有白髮蒼蒼、坐着輪椅的老人，帶着孩子的父母，又有大中學生、小學生、媒體記者、外國友人等。廣大的「70 後」、「80 後」、「90 後」、「00 後」和「10 後」成了敬仰豐子愷，熱愛、傳播子愷漫畫的主要羣體。

「瀟灑豐神永憶渠」，大家懷着崇敬的心情，緬懷漫畫家、散文家、書法家、翻譯家、裝幀設計家、音樂教育家豐子愷，追憶瀟灑豐神那既平凡又極不平凡的人生之路。

跋

無學校的詩詞教育
——《豐子愷家塾課》讀後識

　　2018 年，在藝術大師豐子愷先生誕辰 120 週年之際，豐先生的長外孫宋菲君教授與華東師範大學出版社的許靜女史共同計劃，醞釀編纂一部反映豐先生教授兒孫學習古詩詞的讀物。宋菲君教授是北京大學物理系的校友，他在考入北大之前，在上海度過了青少年時期，那時他常與豐先生一處生活。「文革」中，豐先生處境艱難，無法再給孫輩授課，因此豐氏後人中，親承過豐先生教誨且目前身體仍康健者，大概只有宋菲君教授一人：他是撰寫本書的不二人選。

　　在命筆之初，我們曾有把豐先生當年教過的所有古詩詞都羅列出來並施以評註的想法，後經過深入考慮，感覺缺乏可操作性。時隔半個多世紀，已不可能完全復現當年的教學內容與場景。我們現在能做到的，只是通過當事人回憶的教學片段，講述與詩詞有關的生活細事，結合以豐先生文集、書信、日記中的相關材料，盡力還原豐先生對古詩詞、對藝術、對教育的總體性看法。

一

　　豐先生教兒孫讀古詩詞，有三個鮮明的特點。首先是

喜歡選取有故事背景的詩詞講授。豐先生平時就喜歡讀詩話（尤其是《隨園詩話》）、讀《白香詞譜箋》，教兒孫時也常從中取材。豐先生取《白香詞譜箋》為教本，主要就是看中此書的箋註部分提供了許多與作品背景相關的故事。剛接觸古詩詞的人，特別是兒童，無法完全理解格律、用典、意象、煉字這些深奧的概念，「故事」無疑是最便捷的入門途徑。從古代詩學的發展歷程看，早期的詩文評著作，也專有一類是從「故事」起手來講詩的，如孟棨的《本事詩》便是。「重故事」可以說既符合少年兒童的年齡特點，也符合傳統詩學的發展邏輯。本書選的《章台柳》《荊州亭》《徐君寶妻》《阿英詞》等，都是很有故事的作品。從一首詩詞出發，引出一樁故事、一番考證、一點回憶、一段鑒賞，或是一種感悟，這是本書的體例與追求。

其次，豐先生讀詩「不求甚解」，且喜歡「斷章取義」。從《左傳》《國語》中的記載看，東周列國時代的人們，在言談話語中每常吟詩而言志，但不必引全篇，往往只拎出零章片句；引詩所表達的意思，也不必盡依詩篇的本旨。遠如孔子所說的「思無邪」，近如王國維《人間詞話》中提出的「古今之成大事業、大學問者必經過之三種境界」，都是援引詩詞而言，但其旨趣又都與原篇大不相同，是「斷章取義」的典範。豐先生教詩詞，包括他創作「古詩新畫」，也總是用這種「斷章取義」的法子，只擷取詩中最精彩的一兩句來寫、來畫、來教。他在《漫畫創作二十年》一文中說：「我從小喜歡讀詩詞，只是讀而不作。我覺得古人詩詞，全篇都可愛的極少。我所愛的，往往只是一篇中的一段，或其一句。這一句我諷詠之不足，往往把他抄寫在小紙條上，粘在座右，隨時欣賞。有時眼前會現出一個幻

象來，若隱若現，如有如無。立刻提起筆來寫，只寫得一個概略，那幻想已經消失。我看看紙上，只有寥寥數筆的輪廓，眉目都不全，但是頗能代表那個幻象，不要求加詳了。」（見《豐子愷文集4・藝術卷四》）

「不學《詩》，無以言」（《論語・季氏》），當人們真正喜歡詩，並且理解它、掌握它之後，詩就不僅是一種語言形式，而成為交流的工具，乃至思維與生活的方式。

近來發見一條到車站的近路。⋯⋯今日天陰風勁，倍覺淒涼。走在路上，我常想起陶淵明的詩：「荒草何茫茫，白楊亦蕭蕭。嚴霜九月中，送我出遠郊⋯⋯」嫌它不祥，把念頭拋開。但走了一會又想起了。環境逼得你想起這種詩。（一九三八年十一月十五日）

於集上買大紅棗二斤，每斤五毫。棗大如拇指。食棗，想起古人詩「神與棗分如瓜」，又想起陶詩「黃花復朱實，食之壽命長」。（一九三八年十二月六日）

午彬然、丙潮連袂而來，章桂為廚司，辦菜尚豐。吾多飲而醉，日暮客去猶未醒。唱「日暮影斜春社散，家家扶得醉人歸」之句，恍如身值太平盛世，渾不知戰事之為何物也。（一九三九年一月十八日）

久住城市，初返鄉，自有新鮮之感。吾臥一帆布牀，書桌設牀前，晨起即以帆布牀為椅而寫作。客來即坐對面之板牀上。憶元積旅眠詩云：「內

外都無隔，帷帳不復張。夜眠兼客坐，同在火爐牀。」吾今有類於此。（一九三九年六月八日）

在豐先生的《教師日記》中（見《豐子愷文集7‧文學卷三》），類似的記載俯拾皆是。「君子無終食之間違仁，造次必於是，顛沛必於是。」（《論語‧里仁》）古之君子，即使顛沛流離，也不曾有一頓飯的工夫忘了求仁這件事。套用這句古話，豐先生可以說是「無終食之間不言詩，造次必於是，顛沛必於是」，就是在最艱難的抗戰西遷時期，走在路上，腦中冷不丁就浮現出詩中的情景：吃一個棗，一下子能想起兩首古詩。這才是真正愛詩、懂詩且生活在詩中的人。

日記中提到的「家家扶得醉人歸」，豐先生後來把它畫成了漫畫。《一肩擔盡古今愁》《貧女如花只鏡知》這些畫作也都是以古詩為題的，這兩句詩《隨園詩話》裏引過，但詩話裏所引的文字和原詩小有出入。這說明豐先生並未讀過原詩，他用他的藝術家之眼，把這些佳句從詩話中摘出，並用畫筆藝術地再現出來。

當然，選入本書的作品都是完整的篇什。為了適應不同層次讀者的需要，我們還對詩詞的文本進行了核校。豐先生題畫或手書詩詞，只憑記憶，故偶有個別文字疏失，另外有些詩詞的文句本身也有異文。這次由北京大學醫學人文學院的講師李遠達博士與北京大學中國語言文學系古典文獻學專業的高樹偉博士分頭對入選的詩與詞，進行校、註、評的工作。個別作品的題目、作者、詞句理解等諸方面，學界尚存爭議的，兩位博士都貢獻了他們專業的意見。

　　最後，豐先生教學特別「重在參與」。《緣緣堂隨筆》中的《揚州夢》講的是豐先生教生病的兒子豐新枚學《唐詩三百首》與《白香詞譜箋》，當講到姜白石的《揚州慢》時，突然來了興致，次日便帶着兒女往揚州的二十四橋「尋夢」。這一教學方法也延續到了孫輩，豐先生當年為了帶外孫子領略錢塘江潮，是特意向學校請了假，從上海趕去的。把本書中《浙江潮》一篇與豐先生 1934 年寫的《錢江看潮記》對讀（見《豐子愷文集 5・文學卷一》），《遊廬山記》二篇與豐先生 1956 年寫的三篇《廬山遊記》合觀（見《豐子愷文集 6・文學卷二》），豐先生的這一教學方法及其成效可以躍然紙上。

二

　　豐先生對兒孫的教育親力親為，有部分原因是當時的學校教育不孚人望。1927 年，豐先生把當時學校教育的種種弊端，如課程安排機械、校規死板、教員體罰學生以及向兒童灌輸與其年齡不相稱的政治觀點等，及其對學校教育的質疑與反思，撰成了《無學校的教育》一文 [1]，大力倡導「無學校的兒童教育」理念，文中特意摘譯了日本教育家西村伊作《我子的學校》一書中的部分內容：

　　　　父母，尤其是母親，不要每天孜孜於家庭的瑣事細故，而分一點力來教育子女，父母自己的心也很可以高尚起來。因為教育的神聖事業而教育的

1　原載 1927 年 7 月 20 日《教育雜誌》第 19 卷第 7 號（收《緣緣堂集外佚文》上冊）。下文凡不具出處之引文，皆引自此篇。

人，必先有高尚的精神。為了教育的一種大而善的事務，即使飯菜稍不講究一點，掃除稍不周到一點，家庭也歡樂而發美的光輝了。

在學校教育高度發達、社會教育如火如荼的今天，我們回看豐先生的「無學校的教育」思想，非但不覺其過時，反而覺得其中有許多特別可珍貴之處。其一，「無學校的教育」所提倡的父母的高質量陪伴，是今天有些家庭格外缺失了的。其二，「無學校的教育」並不要求父母有多麼高深的學問，「教育者只要是人就行」，「深究學問的人，也許反是失卻人間味的」。學校是集大眾而演講、經考試而頒發文憑的機構，學校教育是為在職場上尋敲門磚的；「無學校的教育」則更注重人格的健全與完善，其實質是「養成教育」，「由這樣教育出身的子女，一定是比由學校教育出身的更穩健而有深的思慮的人」。除夕夜吃罷年夜飯，全家老小聚在一處，合唱「長亭外，古道邊，芳草碧連天……」，這其實是很多人家都能做到的，只是現在更多的家庭在會餐之後選擇的是一人窩一個沙發抱着一台手機。其三，特別要說明的，父母分精力教育子女，獲益的不僅是子女，「父母自己的心也很可以高尚起來」。好的教育是雙向的。豐先生有許多畫，還有他散文中的一些名篇，本身就是畫給或寫給家中孩子的。「天地間最健全的心眼，只是孩子們的所有物，世間事物的真相，只有孩子們最明確、最完全的見到。我比起他們來，真的心眼已經被世智塵勞所蒙蔽，所斫喪，是一個可憐的殘廢者了。」（《兒女》，見《豐子愷文集5·文學卷》）豐先生一生能長葆赤子之心，這和他喜愛兒童並善於從孩子身上汲取創作靈感是密不可分的。

杭州西泠印社有清人陳鴻壽手書的楹聯：「課子課孫先課己，成仙成佛且成人」，「成仙成佛」不過是說說而已，把這副楹聯稍改幾個字：「課子課孫亦課己，成龍成鳳先成人」，其實就切合豐先生的「無學校的教育」的理念，這是古今中外的教育家所共同推崇的。

三

豐先生幼年最初接受的是私塾教育，後入讀浙江省立第一師範學校。在這所學校裏，音樂、美術是最重要的功課，這是因為擔任音樂、美術課的教師是李叔同先生（即後來的弘一法師）。正是李先生的人格魅力，使平常不受重視的課程成了學校的「主課」。豐先生受李叔同影響很深，後來他也像李先生一樣赴日本遊學，成為學跨中西、兼通古今、出入僧俗的大藝術家。

豐先生是脫胎於舊時代的文人，他更是新文藝的開拓者與奠基人。他教兒孫學古詩詞，但作文或通信卻主張採用白話[2]；他以古詩詞入畫，畫的卻是現代生活；他自身是學藝術的，卻很鼓勵外孫子根據自己的愛好、特長報考物

---

[2] 豐先生 1945 年 6 月 3 日給後學夏宗禹寫信時說：「今後我們通信，請用白話，好否？原因是：（一）我一向主張白話文，惟寫信時仍舊用文言，常常覺得不該，而始終不改，請從今改。（二）寫信用文言，是為了對方生疏客氣，不便『你你我我』，必須用『先生』『足下』『弟』『僕』一套。現在我與你已很親熟，將來或許關係還要親密起來，所以應該用白話通信，比文言親切些。（三）你原是新文學時代的青年，只因如你所說，在南充住了三年，與老成人交往，學了老成氣，故寫信用了文言。我表面雖是老人，心還同青年一樣，所以請你當我是青年朋友，率直地用白話通信。（四）還有一個更重大的原因，我希望你更加用功文學，而用功的必須是白話文學，（古書當然要多讀，但須拿研究的態度去讀，不可死板模仿古人，開倒車。）白話文學注重內容思想，不重字面裝飾。（反之，文言往往內容虛空，而字句琳瑯華麗。）這才真是有骨子的文章。我們就用這種文字來寫信，豈不痛快？因上述四個原因，我主張和你以後用白話通信。不知你贊成否？」（見《豐子愷文集 7.文學卷三》）

理學系。人惟求舊，學惟求新。豐先生的學識與藝術，已為我們指引了民族、大眾、進步的新文化發展路向。本書的編纂與出版，除為世人留下一份珍貴記憶之外，庶幾可對當今時代家風、家訓之弘揚，對眼下「國學」與「國潮」復起之世風，略起些示範與引導作用。

我與宋菲君教授因同喜歡京戲而結識，蒙宋教授推舉，委我審閱書稿，故書中內容得先睹為快；書成付梓之際，撰為小文，綴於卷末，以向作者致敬，並向編輯同仁道謝。

北京大學中國語言文學系、中國古文獻研究中心

林　嵩

2021 年 1 月 31 日

豐子愷家塾課

外公教我學詩詞

②

責任編輯　楊紫東
裝幀設計　龐雅美
排　　版　龐雅美
印　　務　劉漢舉

豐子愷◎繪
宋菲君◎著
李遠達
高樹偉　◎評註
林　嵩◎審校

出版／中華教育

香港北角英皇道 499 號北角工業大廈 1 樓 B 室
電話：(852) 2137 2338　傳真：(852) 2713 8202
電子郵件：info@chunghwabook.com.hk
網址：http://www.chunghwabook.com.hk

發行／香港聯合書刊物流有限公司

香港新界荃灣德士古道 220-248 號荃灣工業中心 16 樓
電話：(852) 2150 2100　傳真：(852) 2407 3062
電子郵件：info@suplogistics.com.hk

印刷／美雅印刷製本有限公司

香港觀塘榮業街 6 號海濱工業大廈 4 樓 A 室

版次／2023 年 4 月第 1 版第 1 次印刷
©2023 中華教育

規格／16 開(210mm x 148mm)

ISBN／978-988-8809-68-4